让阅读蔚蓝澄净。

书信里的中国

君子之交

孙建华 主编

天地出版社 | TIANDI PRESS

图书在版编目（CIP）数据

书信里的中国. 君子之交 / 孙建华主编. — 成都：天地出版社, 2025.1. — ISBN 978-7-5455-8472-1

Ⅰ. I26

中国国家版本馆CIP数据核字第2024NS1715号

SHUXIN LI DE ZHONGGUO·JUNZI ZHI JIAO
书信里的中国·君子之交

出 品 人	杨　政
主　　编	孙建华
责任编辑	袁静梅
特邀编辑	高　玉
责任校对	梁续红
封面设计	椥宇㵴
内文排版	麦莫瑞文化
责任印制	王学锋
出版发行	天地出版社
	（成都市锦江区三色路238号 邮政编码：610023）
	（北京市方庄芳群园3区3号 邮政编码：100078）
网　　址	http://www.tiandiph.com
电子邮箱	tianditg@163.com
经　　销	新华文轩出版传媒股份有限公司
印　　刷	河北鑫玉鸿程印刷有限公司
版　　次	2025年1月第1版
印　　次	2025年1月第1次印刷
开　　本	880mm×1230mm　1/32
印　　张	9
字　　数	159千字
定　　价	39.80元
书　　号	ISBN 978-7-5455-8472-1

版权所有◆违者必究

咨询电话：（028）86361282（总编室）
购书热线：（010）67693207（营销中心）

如有印装错误，请与本社联系调换

目录
CONTENTS

先秦两汉：君子故人何不返

- 003 | 范蠡《遗大夫种书》
  火色上腾虽有数，急流勇退岂无人

- 009 | 李陵《答苏武书》
  欲因晨风发，送子以贱躯

三国两晋南北朝：快友之事莫若谈

- 029 | 嵇康《与山巨源绝交书》
  铮铮铁骨，君子和而不同

- 044 | 谢灵运《与庐陵王义真笺》
  心之所归，在乎山水之间也

- 050 | 谢朓《拜中军记室辞随王笺》
  岂言陵霜质，忽随人事往

隋唐五代：交面交心重相忆

- 059 | 王绩《答刺史杜之松书》
  不如多酿酒，时向竹林倾

- 069 | 太平公主《大唐故昭容上官氏铭》
  势如连璧友，心似臭兰人

083	**陈子昂《与韦五虚己书》** 念天地之悠悠，独怆然而涕下
088	**杜甫《梦李白二首》** 世人皆欲杀，吾意独怜才
098	**王维《山中与裴秀才迪书》** 与君初相识，犹如故人归
107	**韩愈《与孟东野书》** 吾愿身为云，东野变为龙
117	**白居易《与元微之书》** 同心一人去，坐觉长安空
128	**柳宗元《筝郭师墓志》** 二十年来万事同，今朝歧路忽西东
139	**李商隐《上河东公启》** 何当共剪西窗烛，却话巴山夜雨时
146	**皮日休《五贶诗序》** 几年无事傍江湖，醉倒黄公旧酒垆

宋元：不为时世所汩没

157	**欧阳修《与梅圣俞》** 逢君伊水畔，一见已开颜
166	**黄庭坚《上苏子瞻书》** 为公唤起黄州梦，独载扁舟向五湖
172	**苏轼《答黄鲁直书》** 得此一挚友，可以慰风尘

| 179 | 陈亮《与辛幼安殿撰》
百世寻人犹接踵,叹只今、两地三人月

明清:患难方可见真情

| 195 | 唐寅《与文徵明书》
别人笑我太疯癫,我笑别人看不穿

| 210 | 黄道周《狱中答霞客书》
十洲五岳齐挥泪,龈齿无因共数峰

| 218 | 纳兰容若《金缕曲·赠梁汾》
君不见,月如水,共君此夜须沉醉

| 235 | 严复《与吴汝纶书》
平生风义兼师友,天下英雄惟使君

| 248 | 秋瑾《寄徐寄尘》
时局如斯危已甚,闺装愿尔换吴钩

民国:高山流水遇知音

| 265 | 陈独秀《致蔡元培》
男子立身唯一剑,不知事败与功成

| 273 | 王国维《致罗振玉》
千秋壮观君知否?黑海东头望大秦

先秦两汉

君子故人何不返

《遗大夫种书》
火色上腾虽有数，急流勇退岂无人

这是范蠡写给朋友文种的一封劝诫信。此时范蠡和文种协助越王勾践初成灭吴大业，范蠡选择功成身退，离开前特地致信文种，规劝朋友和自己一样隐退，以免引火烧身。

春秋战国时期，堪称中国历史上动荡而伟大的时期。动荡在于这一时期群雄争霸、社会离散，伟大则在于该时期思想荟萃、人才辈出，而范蠡与文种无疑是贤士中的佼佼者。

范蠡，春秋末期楚国人，早年间居于宛地（今河南南阳），性情怪僻，鲜与人交。文种为宛地县令，十分仰慕范蠡的才德，独认为"士有贤俊之姿，必有佯狂之讥，内怀独见之明，外有不知之毁，此固非二三子之所知也"。于是他经常前去拜访范蠡,请求相交。后来两人相谈甚欢,在国家大事方面有很多观点不谋而合。当时的楚国贵胄乱政,人才不受重用,范蠡与文种几番商议后,决定一起投奔越国,以期安身立命兼济天下。

范蠡与文种来到越国时,正赶上吴越争霸陷入胶着期,范蠡向越王勾践进言"兵者凶器也,战者逆德也,争者事之末也"。群雄并起是这一时期的主流,战争一触即发,若一味避战恐怕难以立世,甚至死无葬身之地。范蠡之言并非鼓吹避战,而认为不该滥用战争,不得已才用之,以保护百姓,保卫国家。

公元前494年,吴国大战越国,勾践战败,率残兵退守会稽山。这时范蠡进献议和之策,勾践别无他选,屈膝投降。勾践夫妇赴吴国为奴时,欲把治理越国的任务托付给范蠡,令文种随同。范蠡却说:"四封之内,百姓之事,蠡不如种也;四封之外,敌国之制,立断之事,种亦不如蠡也。"镇抚国家、安抚百姓责任重大,需贤臣能士为之,然而,甘与败主一同沦为战俘,不仅需要超群的智谋,更需要莫大的勇气和受辱的决心。范蠡冷静睿智,思路清晰,在一番权衡后,决定随勾践前往敌国做人质,留朋友文种暂治越国。

在吴国,勾践听从范蠡与文种的事先安排,痛定思痛，韬光养晦，从而使吴王夫差放松戒备。历经三年屈辱，勾践等人终于重返国家。回国后的勾践养精蓄锐，卧薪尝胆，"身自耕作，夫人自织，食不加肉，衣不重采，折节下贤人"。复仇大业正徐徐展开。前后经历"十年生聚，十年教训"，越国终于在勾践与范蠡、文种等贤士的治理下欣欣向荣。自此，越国的发展进入下一阶段——灭吴雪耻。范蠡再次在战事方面展现出卓越才能，他认为盲目进攻很容易损兵折将，以惨败告终，于是多次劝说勾践，待时机成熟再发动进攻。终于，勾践平吴，一雪前耻。当吴王夫差欲效仿勾践当年求和行为时，勾践竟动了恻隐之心，而范蠡深谙国之忧患，当即建议一鼓作气灭之，以绝后患。

范蠡辅助越王勾践成就霸业后，官封上将军，不过他并不寄希望于封官加爵，借势走上人生巅峰。他审时度势，清醒地意识到越王勾践"可与共患难，而不可共处乐"，于是急流勇退，毅然离去。离开之际，唯一放心不下的便是朋友文种。文种仍沉浸在胜利的喜悦中而没有觉察到危险来临，于是范蠡致信劝诫朋友早日离开，以此保全性命：

我听闻上天分有春、夏、秋、冬四个季节，春季万物萌发生长，冬季又都衰落消逝；人也分兴盛与衰落，幸运到一定程度厄运就会降临。所以做人应知晓，何时前进何时退后，何时生何时亡，并且准确把握时机，只有贤人才能做到啊。虽然我才疏学浅，却深知做官和归隐的时机。振翅高飞的鸟儿不见了，好的弓箭就必须被藏匿起来；狡黠的野兔被猎尽了，优秀的猎犬就会被烹杀。越王那样的人，有修长的脖子，鸟一样的嘴，眼睛像鹰眼一样犀利，步伐霸道蛮横，像贪婪的狼。可以与他一同经历磨难，但不能与他共同享乐；可以与他一同面对艰险，却不能与他一起安享和平。倘若你不及时离开，就会遭遇危险，这是很明显的啊。

范蠡所言，原话不过百字，却惊心动魄，直接向文种挑明越王勾践不是可以共处乐之人，"子若不去，将害于子"，一语破的。文种收到信后却没有选择离去，而是称病不朝，也许是因为他心存侥幸，认为自己能幸免于祸。范蠡离去没多久，勾践便赐剑文种，说："子有阴谋兵法，倾敌取国。九术之策，今用三已破强吴，其六尚在子所，愿幸以余术为孤前王于地下谋吴之前人。"文种献计九策，如今只用三策就帮助勾践灭掉了吴国，剩下的六种计谋，便到地下献给先王，去图谋吴国的先人们吧。言下之意，文种死期已至。

范蠡离开越国后，最先前往齐国创业经商，他更名易姓，"自谓鸱（chī）夷子皮"。范蠡居庙堂能运筹帷幄之中，决胜千里之外，处乡野亦能苦身勠力，白手起家。齐人闻其贤能，欲推举其登相位，然而范蠡慨叹道："居家则致千金，居官则至卿相，此布衣之极也。久受尊名，不祥。"他从一开始就不是贪恋权位之人，眼下齐国不宜久居，于是散尽千金，携家眷离去。接着范蠡来到陶地（今山东菏泽定陶区），易名陶朱公。在他看来，陶地乃"天下之中，交易有无之路通，为生可以致富矣"。范蠡洞悉经济运行规律，带领家中劳动力既经商又务农，勤勤恳恳，安居乐业。

文种对范蠡有知遇之恩，范蠡的卓异思想同样影响着文种，两人在动荡的时局中惺惺相惜，彼此扶持，共同协助勾践完成复仇大业，从而实现了各自的政治理想。范蠡是人中龙凤，文种亦称得上乱世中的能者，但其悲剧结局昭明：在乱世中有治世之才远远不够，若想保全性命，还需深谙处世之道。

【书信原文】

　　吾闻天有四时，春生冬伐❶；人有盛衰，泰终必否❷。知进退存亡而不失其正，惟贤人乎！蠡虽不才，明知进退。高鸟已散，良弓将藏；狡兔已尽，良犬就烹。

　　夫越王为人，长颈鸟喙，鹰视狼步。可与共患难，而不可共处乐；可与履危❸，不可与安。子若不去，将害于子，明矣。

【注释】

　❶伐：衰落。
　❷否（pǐ）：阻隔、闭塞。这里指厄运、不幸。
　❸履危：身处险境。

《答苏武书》
欲因晨风发,送子以贱躯

李陵,陇西成纪(今甘肃静宁西南)人。祖父乃飞将军李广,战功卓著,却在一次作战中迷失道路,贻误军机,后自刎而死。李陵颇有祖父遗风,精于骑射,志在报国杀敌,振兴门楣。

公元前99年秋,西北地区战事吃紧,李陵奉汉武帝之命征讨匈奴。原本秋高气爽、清爽宜人的季节,因战争变得冷冽肃杀。

此前,将军李广利率三万骑兵讨伐匈奴,出师不利,反被敌军围困。汉武帝命李陵为李广利大军运输粮草,李陵却蓄势待发,自请增兵作战,吸引匈奴兵力。汉武帝以朝中士兵不足为由拒绝,李陵听罢从容不迫,答:"无所事骑,臣愿以少击众,步兵五千人涉单于庭。"汉武帝欣然应允。

李陵当即率领五千步卒，北出居延千余里，在塞北大地上孤勇前行，直至浚稽山。军队驻扎浚稽山期间，恰逢单于主力，一场五千汉人步兵对战数万匈奴骑兵的恶战一触即发。李陵的步兵训练有素，待匈奴骑兵冲至营前，千弩俱发，敌兵应弦落于马下。然而匈奴兵力充足，遂以绝对人马压制汉军，双方展开殊死搏斗。李陵率精兵愈战愈勇，大有以一当千的气势，令匈奴顿生退意，谁知叛逃的管敢向单于出卖汉军军情，于是匈奴军卷土重来。李陵与所剩无几的士兵在浴血奋战中苦苦等待接应，终因矢尽粮绝，孤立无援，败降匈奴。实际上，协同作战、彼此接应是汉武帝时期一贯的军事作战策略，而此次前往北疆出击匈奴的军队，包括李陵这支，一共六路大军。李陵军队寡不敌众是不争的事实，但其余五将按兵不动、策应不力亦是李陵兵败的关键原因。

李陵作为战俘，于公元前99年初至胡地，而这已经是苏武被困异域的第二年了。

苏武，杜陵（今陕西西安东南）人。公元前100年，苏武奉命持节出使匈奴，还朝之际，遇匈奴与汉室交恶。单于扣留苏武，令其投降，遭到苏武严词拒绝，曰："屈节辱命，虽生，何面目以归汉！"言毕便拔剑自刎，身边人慌忙将其救下。单于敬佩苏武以

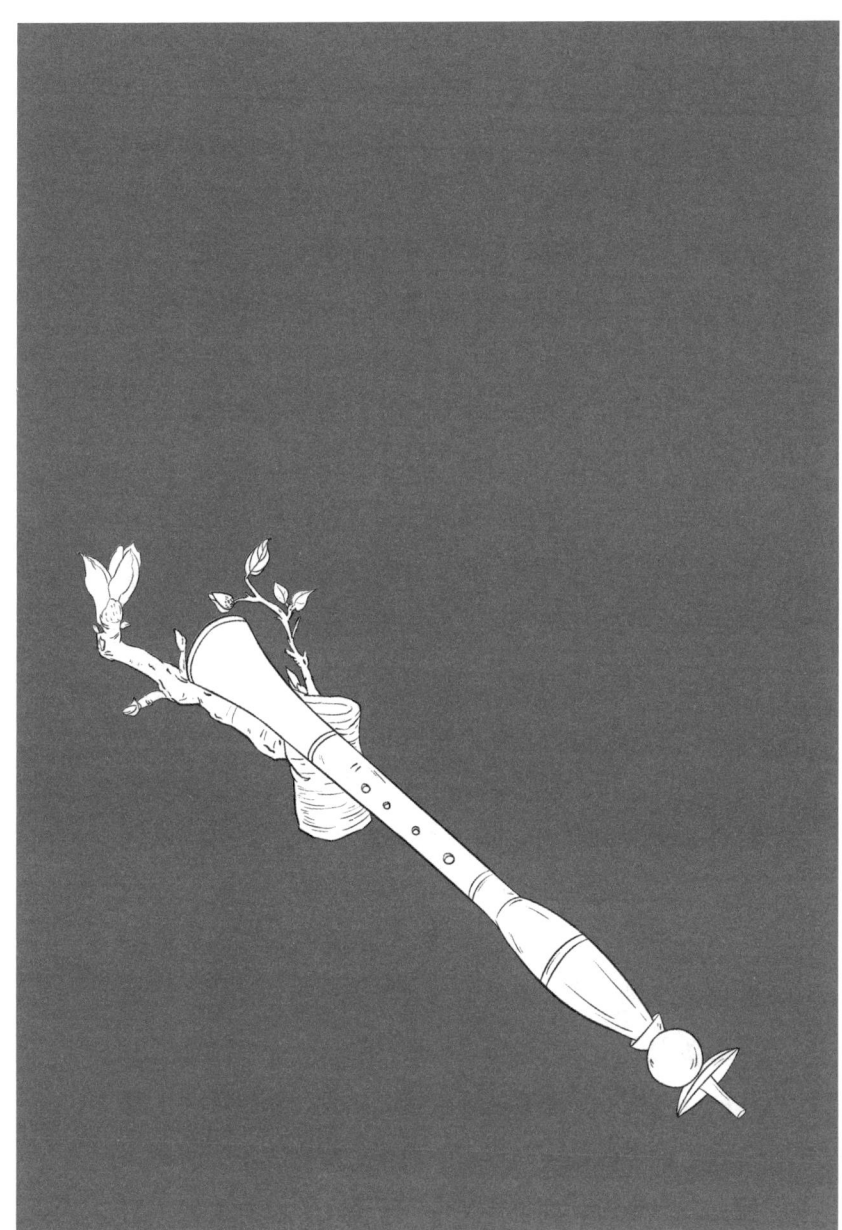

身殉国的气节，想要得到这样的忠臣，于是继续派人劝降，均遭拒。苏武拒不合作的态度激怒了单于，恰逢寒冬，他将苏武弃置于空旷地窖中，断绝食物逼他投降。塞北的雪如期而至，席卷了胡地各个角落，也飘至苏武所在的地窖。苏武蜷缩在暗处，一边忍受着寒风侵袭，一边巴巴地望着地窖上方的出口。白天，自出口处到地窖底部会形成一道光柱，漫天的鹅毛大雪顺着这道光沉沉落进地窖。苏武为落于地窖的雪感到悲伤，因为它们和自己一样，被囚禁在方寸之地。他羡慕外面自由的雪，能够随意飞舞，甚至能借北风飘至汉宫。若汉宫也落雪，此刻应该缀满梅枝了，只是不见去年雪中赏梅人。苏武怅然失神，手里仍紧紧攥着汉武帝授予的旄节。没有食物供应，苏武便嚼雪解渴，吞毛毡充饥，靠坚强的意志和难以下咽的毡毛撑了几日。单于惊诧于苏武顽强的求生意志，便把他流放到更加遥远的北海（今贝加尔湖）牧羊。就这样，苏武持旄节来到了人烟罕见的北海。

　　后来，单于得知李陵与苏武素来交好，便派李陵前去北海劝降。李陵为苏武置酒设乐，劝道："归汉遥遥无期，你在极寒之地白白受苦，又有谁能看见你的忠义呢？"李陵从现实情况出发，劝说苏武不要白白折磨自己，声泪俱下。而苏武听之，不为所动，答："臣事君，犹子事父也。子为父死，亡所恨。愿勿复再言。"若有选择，李陵何尝不愿报恩于汉主呢？自己先前没有做到的事，如今朋友能够做到，只希望他有朝一日，能够完成生还汉庭的夙愿。临走时，李陵泣涕涟涟，与苏武诀别。

公元前81年，苏武已经流落北海十九年了。塞北的雪落了又落，在雪落循环中，苏武弄清楚了一件事——塞外的雪无论怎样用力，都无法飘至汉王朝。不过，只要自己还活着，就有还朝的希望。

汉昭帝即位后，趁汉匈关系有所缓和，便于公元前81年要求匈奴放还苏武。苏武归汉前夕，李陵置酒为他饯行，情到深处，歌曰："径万里兮度沙幕，为君将兮奋匈奴。路穷绝兮矢刃摧，士众灭兮名已隤。老母已死，虽欲报恩将安归！"当年李陵孤立无援、兵败投降实为无奈之举，在他内心深处，仍怀有报恩于汉主的心愿。然而，老母被害、家小罹难令他和汉朝的矛盾无法消解，每念及此，李陵常常椎心泣血，最终发出了"陵虽孤恩，汉亦负德"的悲音。

苏武还朝后，以汉臣身份寄信李陵，劝其归汉，当年九月，李陵回信。此种情形下，苏武与李陵两人间的书信往来，已经超出了友朋范畴，而带有半公开的官方性质。所以这封答信，李陵除了答复朋友苏武的请求，更是抓住这一机会倾吐对大汉王朝的满腔怨愤——

子卿足下：

　　您不辞辛劳地宣扬美好德行，建功立业于政通人和之际，如今您的美名世人皆知，实在是令人欣喜啊！我在异族他乡漂泊数年，不禁令前人悲痛万分；我时常迎风伫立，南望故土，怎能不悲从中来呢？先前多亏您不放弃我，自远方给我回信，您对我的细心疏导与教诲，情逾骨肉，我虽然不聪慧，又怎能不为之感动呢？

　　自我兵败投降至今，身处困境，独自静坐时愁苦不堪，思绪万千。我每日都看不到想要看到的人与事，只能看到那些不同族之人。我不习惯穿戴皮制衣服，不习惯住在毡帐里，但要遮风挡雨只能靠它们。不习惯吃腥膻的肉，不习惯喝酪奶浆液，但要填饱肚子、消除渴意只能靠它们。环顾周身，谁能与我谈笑取乐呢？胡地极寒，结了层层坚冰，广袤大地也被冻裂，耳之所闻，是凄厉萧瑟的风声。九月凉意袭来，塞外草木稀疏，满目苍凉，夜晚辗转反侧时，我便侧耳细听来自远方的声音，胡笳声凄切婉转，牧马群悲号哀鸣，两相交杂，一片混响，从四面八方传来。清早我坐起来静静聆听这些声音，不觉泪流满面。唉，子卿！难道我的心异于常人，听见悲音能不哭泣？

自与您分别后，我便更觉空虚郁闷，只能空念老母亲，可怜她在垂暮之年被人残忍杀害；我的妻子与孩子是无辜的，却一并罹难。我承蒙国恩，却有愧于国家，被世人可怜。您归国后荣誉加身，我滞留此地继续遭受屈辱，我命如此，难道可以违背命运吗？我生于讲究礼数和仁义的国度，却无奈留在对名教礼法一无所知的地域，我离弃了圣主和亲人的恩情，将终老于蛮夷之地，悲伤啊！我令先祖子嗣变成了戎狄后代，更加悲伤啊！当年对战单于时，虽寡不敌众，却也杀敌逾万，最终还是没有得到君主公允的对待，我的一片赤诚之心终究被辜负了。每每念此，恍如隔世，觉得自己的生命已不复存在。于我而言，刺穿心脏来表明诚心，割断脖子来彰明心志，并非难事，但是又想到家族老小惨遭杀戮，我自杀殉国意义何在，只令我徒增羞耻罢了。故而我时常振臂欲怒却不得不忍受屈辱，就这样苟且生存。周围人见到我落魄的样子，用我认为刺耳的话语劝慰我。然而异族之欢只能平添感伤，徒增愁苦罢了！

　　唉，子卿啊！人与人交好，可贵之处在于了解真心。上封信仓促写就，没能完全写尽我的境遇，因此我再简单诉说一下。当年先帝令我率领五千步卒，北征匈奴，然而接应我的五路兵将都迷路了，我率兵北出居延千余里，恰逢单于主力。我准备的粮草足够将士与马匹行军万里，就这样率领步兵，走出了大汉王朝的疆域，深入匈奴腹地。我仅凭步卒五千，与十万匈奴军作战，不断鞭策疲惫困乏的汉军对战精神抖擞的匈奴骑兵，即便寡不敌众，我军仍然斩杀了敌方将士，拔掉了他们的军旗，一鼓作气追逐溃逃的敌军，我骁勇杀敌如横扫尘埃，直斩他们最得力的将领，让我的全部将士，都拥有视死如归的勇气。我没什么特殊才能，却也愿意承接大任，私以为这般奋勇杀敌，已是莫大的功劳了。

　　匈奴溃逃后，举国上下动员军事力量，又精挑细选精兵强将逾十万名，单于也亲自上阵，指挥骑兵围剿汉军。双方军队人数极不相称，步卒和骑兵的战斗力有云泥之异。疲累的士兵不得歇息，匆忙再战，一个人要对抗数千人，就算这样，他们仍然负伤作战，冲锋陷阵。到最后战死与负伤的士兵躺满了荒野，我手上剩余的士兵不足百人，并且全都负伤，连作战的兵器都无法擎起。然而，当我振臂呼喊时，受伤的士兵皆闻命而起，奋力拿起兵器，时刻准备作战，迫使胡兵骑马尽逃。兵器耗尽，箭矢断绝，大家连防身的东西都没有了,却还是迎头直上,奋力高喊杀敌,杀敌,争相冲锋。当是时,苍天大地似乎因我而勃然大怒,士兵们也为我悲洒血泪!单于觉得擒我是不可能的事,于是决定撤军返还。没想到,投降的奸臣告知敌军我方军情,导致单于再次向我军开战,我最终没能脱身。

昔日高皇帝率三十万精兵上阵,却被敌军困在平城。那场战役,勇猛的将士、足智多谋的军师比比皆是,但是在粮草未至,饿了七天的情况下,也只能勉强保身而已。况且我遇到了更为艰险的境况,难道我能很轻易就脱身吗?谁知辅政者对此颇有微词,诟病我没有以身殉国。我没有为大汉王朝奉献生命,是我的罪过。依子卿所见,我是苟且偷生、畏惧死亡的人吗?这世上岂有离弃君主与亲人,抛弃妻子和孩子,却认为于自己有益的人?实际上,我不愿枉死,是因为有未竟的心愿。我想要像上封信说的那样,报恩于君主。说实话轻于鸿毛地死去比不上树立节操,埋名于历史比不上回报君主恩情。昔日,范蠡不因会稽一战败降受辱而殉国,曹沫也不因接连三败遭受耻辱而死去,最终,范蠡辅助越王勾践灭吴雪耻,成就霸业,曹沫也为鲁国一雪前耻。我的赤子之心,就源自仰慕他们的德行。不承想功业未建却招来满天的怨怼之声，计谋还未施行，我的家族已经惨遭杀戮。我也因此质问苍天，椎心泣血啊！

您对我说："汉朝会厚待有功之臣。"因为您于汉有功，所以才会这样说啊！昔日萧何、樊哙被囚禁于大牢，韩信、彭越惨遭醢刑，被剁成肉泥，晁错被杀害，周勃、魏其侯被定罪行刑；至于其他辅佐汉室、劳苦功高的能臣，如贾谊、亚夫这些人，实为兼济天下之才，身兼出将入相的能力，却遭小人谗毁，饱受屈辱，以致功业未成。这两个人的遭际，怎能不令人痛惜呢！我的祖父李广将军，功高盖世，勇夺三军，仅仅是因为不愿向当权者谄媚，最终落得个自刎边疆的结局。这一桩桩、一件件鲜活的例子，都是能臣勇士手持兵器却长吁短叹的原因啊！您怎能说厚待功臣呢？

何况您曾经乘单车奉命出使，到达有着强兵悍将的匈奴国，恰逢厄运，竟到了自刎也不在乎的地步；您一路上风餐露宿，历尽艰辛，几欲丧命于朔北野地；壮年时奉旨出使塞外，直到满鬓白霜才得以回朝，老母辛于家中，妻子另嫁他人。这样的事，世所罕见，古今亦难遇到。未开化的蛮族都纷纷称赞您的气节，何况能够教化天下的贤主呢？我本来以为您将受封为王侯，受赏千乘之国。然而等您真正归国后，圣上不过赐您银两二百万，只授予典属国一职，没有尺寸封地来嘉奖您坚贞报国之心。而那些馋毁贤士、残害人才的大臣，都被封了万户侯，那些皇亲国戚与奸佞小人摇身一变，成了朝廷重臣。您都被这样对待了，我还有什么指望呢？

汉王朝因我没有殉国而将我家族满门抄斩，您忠贞守节却只赐予微薄赏赐，若要使远方的臣民投奔汉室，为其奔走效命，实在是难以做到啊。因此每当我念及此事，从未有悔意。我自知没能回报汉朝恩情，但国家也同样辜负了我的忠心。前人有言："即使忠心不能为世人所知，也要拥有视死如归的勇气。"若我真的守节而死，圣上就能对我产生怜惜之情吗？大丈夫活在世上，如果无法建立功名，那就让他死后葬于异土他乡吧，谁能再次受辱拜见君主，在那朝堂之上，任凭那群刀笔之吏舞文弄墨、随意发落呢？希望您不要招我归汉了。

唉，子卿啊！我还有什么可以和你说的呢？我们天各一方，疏于交往，人生道路相悖，活着是不同世界的人，死后也会化作异域的魂灵。我将和您永远分别了，无论生死都不能再相见了。

先秦两汉：君子故人何不返

请替我向昔日朋友致意，希望他们有气力侍奉贤明君主。您的儿子通国在这里一切都好，不要忧心他。希望您多多自爱，更盼望您能时常依托出塞使者，寄信与我。李陵叩首。

"服节死难"是世人判定忠臣的标准，也是汉武帝对李陵的期待，但李陵没有选择以死殉国，而是留在异族，岁岁年年承受着大汉朝臣与百姓的口诛笔伐。

时间过去近二十年了，李陵也变成了鬓发斑白的老人。现在他终于等到机会鼓起勇气谈起当年事，在信里心酸地对朋友说："子归受荣，我留受辱，命也如何！"苏武在异域持节牧羊十九载，心中信念不灭，最终等到了朝廷救援。其实李陵也等到过朝廷救援，汉武帝曾派公孙敖率军深入胡地，营救李陵。公孙敖却畏敌不敢深入匈奴腹地，不仅无果而返，还造谣李陵留在胡地协助匈奴操练军队，准备与汉军作战。汉武帝勃然大怒，下令斩杀李陵全家。自此，李陵对汉室的感情从有愧逆转为怨愤。当汉朝使节第二次营救李陵时，他以"丈夫不能再辱"为由拒绝。

李陵一方面为朋友生归汉庭感到高兴，另一方面，自身遭际在这种欣喜映衬之下，更令他感到无限酸楚，所以他在答信中提及"人之相知，贵相知心"。在李陵看来，苏武亦亲历流落异域之苦，自己的切肤之痛，唯其能懂。

李陵在信末发出悲音："相去万里，人绝路殊，生为别世之人，死为异域之鬼，长与足下生死辞矣。"苏武在北海牧羊时，他们尚不得自由相见，眼下苏武还朝，两人天各一方，相去万里，朋友情谊也因民族之别支离破碎。李陵孤悬塞外，寂寞怅惘，大汉已经没有令他牵肠挂肚的亲人了，唯与苏武互通能够聊慰平生伤痛，所以此信寄出后，李陵仍期盼着"时因北风，复惠德音"。

但塞外朔风连年吹，却再也没有吹来朋友的问候。

【书信原文】

子卿足下：勤宣令德，策名清时，荣问休畅，幸甚幸甚！远托异国，昔人所悲。望风怀想，能不依依！昔者不遗，远辱还答，慰诲勤勤，有逾骨肉，陵虽不敏，能不慨然。

自从初降，以至今日，身之穷困，独坐愁苦。终日无睹，但见异类。韦韝[1]毳幕[2]，以御风雨。膻肉酪浆，以充饥渴。举目言笑，谁与为欢。胡地玄冰，边土惨裂，但闻悲风萧条之声。凉秋九月，塞外草衰。夜不能寐，侧耳远听：胡笳互动。牧马悲鸣，吟啸成群，边声四起。晨坐听之，不觉泪下。嗟乎！子卿，陵独何心，能不悲哉！

与子别后，益复无聊。上念老母，临年被戮。妻子无辜，并为鲸鲵❸。身负国恩，为世所悲。子归受荣，我留受辱，命也如何！身出礼义之乡，而入无知之俗，违弃君亲之恩，长为蛮夷之域，伤已！令先君之嗣，更成戎狄之族，又自悲矣。功大罪小，不蒙明察，孤负陵心，区区之意，每一念至，忽然忘生。陵不难刺心以自明，刎颈以见志，顾国家于我已矣，杀身无益，适足增羞。故每攘臂❹忍辱，辄复苟活。左右之人，见陵如此，以为不入耳之欢，来相劝勉。异方之乐，只令人悲，增忉怛耳！

嗟乎子卿，人之相知，贵相知心。前书仓卒，未尽所怀，故复略而言之。昔先帝授陵步卒五千，出征绝域。五将失道，陵独遇战。而裹万里之粮，帅徒步之师，出天汉之外，入强胡之域。以五千之众，对十万之军；策疲乏之兵，当新羁之马，然犹斩将搴旗、追奔逐北，灭迹扫尘，斩其枭帅，使三军之士，视死如归。陵也不才，希当大任，意谓此时，功难堪矣。匈奴既败，举国兴师，更练精兵，强逾十万。单于临阵，亲自合围。客主之形，既不相如，步马之势，又甚悬绝，疲兵再战，一以当千。然犹扶乘创痛，决命争首。死伤积野，余不满百，而皆扶病，不任干戈。然陵振臂一呼，创病皆起，举刃指虏，胡马奔走。兵尽矢穷，人无尺铁，犹复徒首奋呼，争为先登。当此时也，天地为陵震怒，战士为陵饮血。单于谓陵不可复得，便欲引退。而贼臣教之，遂便复战，故陵不免耳。

昔高皇帝以三十万众，困于平城，当此之时，猛将如云，谋臣如雨，然犹七日不食，仅乃得免。况当陵者，岂易为力哉！而执事者云云，苟怨陵以不死。然陵不死，罪也。子卿视陵，岂偷生之士，而惜死之人哉？宁有背君亲、捐妻子，而反为利者乎？然陵不死，有所为也，故欲如前书之言，报恩于国主耳。诚以虚死不如立节，灭名不如报德也。昔范蠡不殉会稽之耻，曹沫不死三败之辱，卒复勾践之雠，报鲁国之羞。区区之心，窃慕此耳。何图志未立而怨已成，计未从而骨肉受刑。此陵所以仰天椎心而泣血也。

足下又云："汉与功臣不薄。"子为汉臣，安得不云尔乎！昔萧樊囚絷，韩彭菹醢，晁错受戮，周魏见辜，其余佐命立功之士，贾谊亚夫之徒，皆信命世之才，抱将相之具，而受小人之谗，并受祸败之辱，卒使怀才受谤，能不得展。彼二子之遐举，谁不为之痛心哉！陵先将军，功略盖天地，义勇冠三军，徒失贵臣之意，到身绝域之表，此功臣义士所以负戟而长叹者也，何谓不薄哉！

且足下昔以单车之使，适万乘之虏，遭时不遇，至于伏剑不顾，流离辛苦，几死朔北之野。丁年奉使，皓首而归，老母终堂，生妻去帷，此天下所希闻，古今所未有也。蛮貊之人，尚犹嘉子之节，况为天下之主乎？陵谓足下，当享茅土⑤之荐，受千乘之赏。闻子之归，赐不过二百万，位不过典属国，无尺土之封，加子之勤。而妨功害能之臣，尽为万户侯；亲戚贪佞之类，悉为廊庙宰。子尚如此，陵复何望哉！

且汉厚诛陵以不死，薄赏子以守节，欲使远听之臣望风驰命，此实难矣。所以每顾而不悔者也。陵虽孤恩，汉亦负德。昔人有言："虽忠不烈，视死如归。"陵诚能安，而主岂复能眷眷乎？男儿生以不成名，死则葬蛮夷中，谁复能屈身稽颡⑥，还向北阙，使刀笔之吏弄其文墨邪？愿足下勿复望陵。

嗟乎子卿，夫复何言！相去万里，人绝路殊，生为别世之人，死为异域之鬼，长与足下生死辞矣。幸谢故人，勉事圣君。足下胤子无恙，勿以为念，努力自爱。时因北风，复惠德音。李陵顿首。

【注释】

❶韦韝（gōu）：革制袖套，用以束衣袖，射箭或其他操作时用之。

❷毳（cuì）幕：毡帐。

❸鲸鲵（ní）：大鱼名，比喻无辜被杀之人。

❹攘臂：捋袖伸臂，表示发怒。

❺茅土：指受封为王侯。古代帝王社祭之坛以五色土建成，分封诸侯时，按封地所在方向取坛上一色土，以茅包之，称为茅土，给受封者在封国内立社。

❻稽颡（qǐ sǎng）：古代居父母之丧时跪拜宾客之礼，以额触地，表示极度悲痛。后亦用于请罪。

快友之事莫若谈

三国两晋南北朝

嵇康 《与山巨源绝交书》
铮铮铁骨，君子和而不同

这是嵇康写给朋友山涛的一封绝交信，信中断然拒绝了山涛欲引荐自己出仕为官的请求，气势尖利，态度决绝。

三国末期，统治阶级内部矛盾异常尖锐，曹氏与司马氏两个政治集团斗争激烈，经过几番角逐与厮杀，司马氏掌握实际权力，而曹氏所代表的皇权力量大大衰落。掌权后的司马集团党同伐异，对亲皇室的人进行镇压甚至残忍杀害，一时间政坛阴云密布，气氛肃杀。

乱离的时代背景下，文人政客处境艰难，内心煎熬而苦痛。为躲避现世灾难，他们纷纷逃到自然与老庄思想中寻求安慰，由此，崇尚自然、谈玄说理的风气大行其道。在这个大趋势下，有一支文人队伍尤为突出，他们走进自然，"越名教而任自然"，无视世俗的清规戒律，最大限度释放天性。这一支文人队伍便是"竹林七贤"，包括嵇康、阮籍、山涛、向秀、刘伶、王戎及阮咸。七人携手走进山林，或倚石长啸，或狂饮大醉，或清谈玄理，或操琴吹笛，或服食五石散。七贤行为放诞，无所束缚，魏晋风流在他们身上一览无遗，流淌不息。

崇尚自然，不拘于名教礼法是竹林七贤走到一起的契机，然而这只是他们生命中一段美好而短暂的相遇。因为七贤才性各异，价值观不同，出现分歧后他们势必会坚持自己的理想，从而走上不同的人生道路。嵇康作《与山巨源绝交书》拒绝山涛的引荐一事，便是他们为坚持自己的价值观，而与世俗作抗争的例证之一。

嵇康，字叔夜，其人任侠使气，疾恶如仇，因厌弃官场俗务，终日隐居山林。魏晋时期的男子崇尚阴柔之美，而嵇康全无弱柳扶风之态，他身姿挺拔，容貌出众，走起路来步步生风，还精通音律，弹得一手好琴。嵇康平日里最大的爱好是打铁，以及服食五石散。相传，嵇康在一日清晨入山采药，那时山间雾气氤氲，虽然他不修边幅，但烟雾缭绕中他的身姿依旧挺拔，颇具道骨仙风之态，砍柴人从远处望见，还以为是神仙下凡采药。嵇康本人厌弃官场，拒绝入仕，不过他的夫人是曹魏宗亲,因此他与魏王室有一定关系。后来七贤中的山涛投靠了司马集团,但仍对其赞赏有加,曾评价他:"嵇叔夜之为人也,岩岩若孤松之独立;其醉也,傀(guī)俄若玉山之将崩。"

山涛,字巨源,其人忠厚坚忍,好老庄学说,因与嵇康、阮籍等志趣相投,遂结为竹林之交。山涛步入仕途时已至中年,依附的是司马氏集团,当他离任尚书吏部郎一职时,欲引荐好友嵇康代其位。不料嵇康听闻此事,震怒不已,立即写信与山涛绝交,并慷慨陈词,细细说明自己不再与之来往的原因:

嵇康告白:往日里您在颍川称述我不愿入仕的心志,我曾经把它当作知己之言。然而我常感到奇怪,当时我与您并不熟悉,您从哪里知晓我不想为官的想法的呢?过去我从河东回来,显宗和阿都,都说您想让我接替您的职位,这件事虽然没有实现,但是我却知道了您原来不了解我啊。您善于应变,宽容大度。我率性而为,心胸并不开阔,很多人都无法忍受,只是偶然与您交上朋友罢了。最近听说您要升迁,却十分忧惧并不怎么高兴,恐怕您是羞于一人升官,想让我跟你一起入仕。就如同厨师羞于独自宰割牲畜,因此让祭师帮助,现在您想让我手执屠刀,浑身沾满腔膻气，因此我详细地向您解释这样做可不可行。

我早先读书时，常闻有这样一类人，他们既怀抱济世之志，又能保持刚正不屈的性情，那时我不觉得世上存在这样的人，如今我才明白，这样的人真的存在。天性使然，有的人注定不堪忍受某些人或物，这个无法强求。现在大家空谈，都说知道有一种练达之人能够容忍所有人和事，他们的容貌跟凡夫俗子无异，但内在却不失刚正忠贞，在俗世间随波逐流而不会心生悔恨。我以老子和庄周为师，尽管他们世俗职位低微；柳下惠以及东方朔称得上练达之人，都不以卑贱的职位为耻，我怎么敢看轻这样的人呢！再有孔子怀有博爱之心，就算拿起鞭子守门也没什么难为情的。子文无意于出将入相，仍三次官至令尹，此乃君子心有经世济民的大义。正所谓仕途畅达时怀有经世济民之志而矢志不渝，仕途受挫时仍能做到安贫乐道而不郁郁寡欢。由此观之，尧、舜登帝位，许由栖于山林，子房辅佐汉朝，接舆高歌规劝孔夫子隐居，这些人对人生的看法几乎一样。仰视这些君子，完全能够说都已经遂了自己的心志。因此君子实现理想的道路很多，殊途而同归，按照自己的心性去行动，最终都能找到心之所安处。因此也有了在朝为官的人追名逐利，归隐山林的人为名声而不归的情况发生。季札崇尚子臧的道德情操，司马相如爱慕蔺相如的高风亮节，借此明志，这样的志向不可更改。

每每读到尚子平和台孝威的传记时，我都会由衷赞叹，对他们钦慕不已，时常畅想他们高洁的品行。我自幼丧父，家母和兄长百般骄纵我，不强制我读经典著作。我天性疏懒散漫，筋肉松弛，不喜欢洗头发和脸，动辄长达一个月或半个月不洗头洗脸，如果没有觉得闷痒难挨，我通常懒得去洗。即使有小便意也常常忍着不去，直到憋得难受才起身如厕。我放纵自己由来已久，性情倨傲散漫，简慢无礼愈发严重，但我的糟糕行为得到了同辈与朋友的包容，他们并没有怪罪我。后来我又接触了《庄子》和《老子》，变得更加放荡不羁。所以，对名利与入仕更不感兴趣了，反倒加剧了率性而为的本性。拿禽兽来举例，假如从幼年就开始豢养，那它必定听从饲养者的命令；但假如要驯养一头成年的禽兽，那它肯定会拼命挣脱羁索，哪怕为此受伤也毫不在意；即便在它头上套以金质笼头，给它吃精致美味的食物，它也忘不了繁茂的山林和鲜美的草料。

阮籍从不指责他人错误，我常想向他看齐，但够不到；他性情忠厚胜过常人，从不伤及物类，仅有嗜酒这一短板。以至于遭到礼法名教支持者的攻讦，对他的态度如仇敌那般，所幸有威武大将军庇护他。我的天资不如阮籍，但自负懒惰的毛病全都有，又不了解世道人情，不擅长左右逢源，不像万石君那般谨小慎微，却有直言不讳的缺点。如果长时间与他人往来，批评挑衅之类的事会经常上演，即便我想规避祸端，又该如何做呢？

还有要遵守的人伦纲常、朝廷法规这些，我思虑得十分深入，其中有七件事是无法容忍的，有两件事是绝对不会再做的：我平日里经常卧床晚起，但进入官府后，守门吏卒到点便会盯着不放来叫醒我，第一件无法容忍的事便是如此；我经常抱琴走在路上，且行且吟，也会去往郊野打鸟垂钓，为官后差役跟随我左右，我就被限制了行为，无法随心所欲，第二件无法容忍的事便是如此；为官后需要端坐办理政务，坐得腿脚发麻都不得随意摇晃，我身上又常生虱子，不得不去搔痒，为官后我要穿戴整齐，向上级官员行礼膜拜，第三件无法容忍的事便是如此；我素来不擅长草拟文书，亦不爱好草拟文书，但进入官府后会有很多俗务要解决，官府公文也摆满桌案，倘若懒于答复，便是违背礼法，没有礼数，就算硬撑着去答复，也撑不了多久，第四件无法容忍的事便是如此；我不乐意给人吊唁，但现今世道将其视为大事，我所作所为早已引来了怨怼，更有甚者，直接借此攻击我，即使我感到震惊，也觉得应该收敛一些，可人的天性不可更改，我虽想过压抑天性顺应俗世，然而抑制天性不能使我感到快乐，最终也达不到既无过错也无赞誉的状态，第五件无法容忍的事便是如此；我不愿意结识俗人，为官后不得不与这些人共事，有时高朋满座，吵闹喧哗，脏污糟乱，花花手段眼花缭乱，不停在我眼前上演，第六件无法容忍的事便是如此；我生来缺乏耐性，为官后公务缠身，政事累心，俗世中的人情世故会使我忧烦顾虑，第七件无法容忍的事便是如此。我还经常发表诘难成汤与周武王，蔑视周公和孔子的言论，倘若进入官府，我依旧说这样的话，一定会传出去，而世俗教化绝不会容忍这样的言论存在，第一件绝不能再做的事便是如此；我生来率直要强，疾恶如仇，言论直率放荡，有话直说，遇到不平之事就要揭露，第二件绝不能再做的事便是如此。我有这样狭隘的心性，还有这九大缺点，就算不遇天降横祸，自己也会引祸上身，如何能平稳地存活于世呢？我还听闻道士提及，吃苍术和黄精这两种草药可以延年益寿，我深信不疑；我热衷登山临水，观鱼赏鸟，并从中获取快乐和满足。如果我做官了，这种乐趣便化为乌有，难道我要舍弃自己热衷的事情而去从事令自己忧惧的事吗？

朋友相交贵在熟悉对方的性情，再帮他保全天性。夏禹从不逼迫伯成子高入仕为官，保全了他的高风亮节；孔子不从子夏那里借伞，帮忙掩盖子夏吝啬的毛病；近有诸葛孔明不强迫徐庶投靠蜀汉，华歆不强制管宁担任卿相之职，这些君子才是能够相伴一生的人，是彼此熟悉的挚友。您见到笔直的木头，必定不会以之做圆车轮，见到弯曲的木头，必定不会以之做椽子，因为您不想违背事物的本性，想让它们各得其所。因此士农工商各得其所，都以实现自己的目标为人生乐趣，这个道理只有明达之人能明白，而您应该可以明白。断不可因为自己喜好精美的帽子，就强求越人也戴漂亮帽子，自己喜爱腐坏的臭物，就将死鼠喂给鸳雏。最近我在研读长寿之法，正隔绝富贵逸乐，舍弃肥美滋味，内心宁静淡然，力求达到"无为"之境地。纵使我没有上述九个毛病，我也对您热衷的官位不感兴趣。再加上我平时会感到心闷，最近一段时间病情加重，我觉得我是忍受不了抗拒的事情的。我早已思虑清楚，就算穷途末路也罢。您不要以此事来烦扰我，将我置于无路可走的境地。

我刚刚失去母亲和兄长的疼爱，内心时常感到凄切，女儿今年十三岁，儿子八岁，都没有成年，况且还体弱多病，想到这里便惆怅悲伤，还有什么可以说的呢！如今我只愿固守陋室，养育孩子，时不时与亲人旧友叙谈离别之情，回忆人生，饮一杯浊酒，弹一曲素琴，我的心愿也就了了。倘若您缠着不放，不过是为了给朝廷拉拢人，这只不过是一时之用罢了；您早就知道我率性散漫，不愿靠近世俗琐事，也觉得自己比不过如今的贤能之人。假如以为世俗之人都追慕荣华富贵，有人独独能够舍弃它，并以此为快乐，这是最接近我性情的言论。但让一个高才大度、无所不能的人，不去谋求仕途，这才是可贵的。如同我这样穷困多病，想要远离官场保全自己、保护余生的人，正好缺少上面所说的那种高尚品质，怎么可以看见宦官称赞他有坚贞的操守呢？倘若催促我做官任职，期望将我招至朝廷，与您一起欢悦补益，一旦逼迫我，我必定会发狂。您如果不是非常怨恨我，那便不会做到这个地步。

乡野之人有把晒背当作快乐、把芹菜当作美味的，想要将这种快意献给帝王，虽然是诚挚的心意，但也实在是不近事理啊。希望您不要效仿他们，我的心愿就是这样，既是告诉您我的想法，也是与您绝交。嵇康告白。

嵇康在信中挑明了每个人秉性不一、各有所好的现实情况，而自己天性疏懒，讨厌被束缚，顺势陈列出七件自己不能忍受的事和两件自己绝不会再做的事，倘若进入官场，这些戒律一定会被打破，所以请朋友不要强人所难。若是换了别人，推辞便推辞，但是嵇康在信的末尾明确提出要与山涛断绝好友关系，从此不再往来。嵇康乐在山林，远离官场，加之政治环境恶劣，他拒绝朋友的引荐在情理之中，但是他真的厌恶山涛到这个地步，以至于绝交吗？

史书记载嵇康因被人诬告而下狱，但是临终前并没有将孩子托付给哥哥嵇喜，而是对儿子嵇绍说："山公尚在，汝不孤矣。"嵇康对山涛的信任可见一斑。而山涛也没有辜负他的委托，即便此前嵇康公然与他绝交，他依然尽到了朋友应尽的道义与责任，悉心照顾并教导嵇康的孩子。数年后，在山涛的力荐下，嵇绍被晋武帝司马炎征用，只可惜在八王之乱中因护驾而殉难，追谥为"忠穆"。虽然嵇康誓死不入仕途，对当权者采取不合作的态度，但他将孩子托付给山涛，似乎为儿子选择了一条出仕之路。

因嵇康狱中托孤一事，有人大胆推测他此前绝交是为了保全朋友。嵇康特立独行，刚直任性，毫无避祸之心，对司马氏集团始终采取不理睬、不合作的态度，因而招致当权者嫉恨。山涛在朝为官，嵇康为了保全朋友不受自己牵累，所以写了这样一封"绝交书"，既是向世人表明自己超越名教礼法，不与世俗合污的决心，亦表达了与司马氏集团彻底决裂的态度。往事难考，但显然嵇康所为是本性使然，也绕不开时代所迫。

君子之交，有人与朋友相携而游、同榻而眠，感情浓得化不开；有人虽与朋友长久分离，但是音书不绝，互相挂念；还有人表达感情的方式更为崎岖难解，需要一纸绝交书体现，而这封绝交书，连同他的《广陵散》一起，终成绝响。

【书信原文】

康白：足下昔称吾于颍川，吾常谓之知言。然经怪此意，尚未熟悉于足下，何从便得之也。前年从河东还，显宗阿都，说足下议以吾自代，事虽不行，知足下故不知之。足下傍通，多可而少怪。吾直性狭中，多所不堪，偶与足下相知耳。间闻足下迁，惕然不喜，恐足下羞庖人之独割，引尸祝以自助，手荐鸾刀，漫之膻腥，故具为足下陈其可否。

吾昔读书，得并介之人，或谓无之，今乃信其真有耳。性有所不堪，真不可强；今空语同知有达人，无所不堪，外不殊俗，而内不失正，与一世同其波流，而悔吝❶不生耳。老子庄周，吾之师也，亲居贱职，柳下惠、东方朔，达人也，安乎卑位，吾岂敢短之哉。又仲尼兼爱，不羞执鞭，子文无欲卿相，而三登令尹，是乃君子思济物之意也。所谓达能兼善而不渝，穷则自得而无闷。以此观之，故尧舜之君世，许由之岩栖，子房之佐汉，接舆之行歌，其揆❷一也。仰瞻数君，可谓能遂其志者也。故君子百行，殊途而同致，循性而动，各附所安。故有处朝廷而不出，入山林而不返之论。且延陵高子臧之风，长卿慕相如之节，志气所托，不可夺也。

吾每读尚子平、台孝威传，慨然慕之，想其为人。少加孤露，母兄见骄，不涉经学。性复疏懒，筋驽肉缓，头面常一月十五日不洗，不大闷痒，不能❸沐也。每常小便而忍不起，令胞中略转乃起耳。又纵逸来久，情意傲散，简与礼相背，懒与慢相成，而为侪类❹见宽，不攻其过。又读庄、老，重增其放，故使荣进之心日颓，任实之情转笃。此由禽鹿少见驯育，则服从教制，长而见羁，则狂顾顿缨，赴蹈汤火，虽饰以金镳，飨以嘉肴，逾思长林而志在丰草也。

阮嗣宗口不论人过，吾每师之，而未能及，至性过人，与物无伤，唯饮酒过差耳。至为礼法之士所绳，疾之如雠，幸赖大将军保持之耳。吾不如嗣宗之资，而有慢弛之阙，又不识人情，暗于机宜，无万石之慎，而有好尽之累。久与事接，疵衅日兴，虽欲无患，其可得乎？

又人伦有礼，朝廷有法，自惟至熟，有必不堪者七，甚不可者二：卧喜晚起，而当关呼之不置，一不堪也；抱琴行吟，弋钓草野，而吏卒守之，不得妄动，二不堪也；危坐一时，痹不得摇，性复多虱，把搔无已，而当裹以章服，揖拜上官，三不堪也；素不便书，又不喜作书，而人间多事，堆案盈机，不相酬答，则犯教伤义，欲自勉强，则不能久，四不堪也；不喜吊丧，而人道以此为重，已为未见恕者所怨，至欲见中伤者，虽瞿然自责，然性不可化，欲降心⑤顺俗，则诡故不情，亦终不能获无咎无誉，如此，五不堪也；不喜俗人，而当与之共事，或宾客盈坐，鸣声聒耳，嚣尘臭处，千变百伎，在人目前，六不堪也；心不耐烦，而官事鞅掌⑥，机务缠其心，世故繁其虑，七不堪也。又每非汤、武而薄周、孔，在人间不止，此事会显，世教所不容，此甚不可一也。刚肠疾恶，轻肆直言，遇事便发，此甚不可二也。以促中小心之性，统此九患，不有外难，当有内病，宁可久处人间邪？又闻道士遗言，饵术黄精，令人久寿，意甚信之；游山泽，观鱼鸟，心甚乐之。一行作吏，此事便废，安能舍其所乐，而从其所惧哉？

夫人之相知，贵识其天性，因而济之。禹不逼伯成子高，全其节也，仲尼不假盖于子夏，护其短也。近诸葛孔明不逼元直以入蜀，华子鱼不强幼安以卿相，此可谓能相终始，真相知者也。足下见直木，必不可以为轮，曲者，不可以为桷，盖不欲枉其天才，令得其所也。故四民有业，各以得志为乐，唯达者为能通之，此足下度内耳。不可自见好章甫，强越人以文冕也；己嗜臭腐，养鸳雏以死鼠也。吾顷学养生之术，方外荣华，去滋味，游心于寂寞，以无为为贵。纵无九患，尚不顾足下所好者。又有心闷疾，顷转增笃，私意自试，不能堪其所不乐。自卜已审，若道尽途穷则已耳。足下无事冤之，令转于沟壑也。

吾新失母兄之欢，意常凄切，女年十三，

男年八岁，未及成人，况复多病，顾此恨恨，如何可言！今但愿守陋巷，教养子孙，时与亲旧叙阔，陈说平生，浊酒一杯，弹琴一曲，志愿毕矣。足下若嬲之不置，不过欲为官得人，以益时用耳；足下旧知吾潦倒粗疎，不切事情，自惟亦皆不如今日之贤能也。若以俗人皆喜荣华，独能离之，以此为快，此最近之可得言耳。然使长才广度，无所不淹，而能不营，乃可贵耳。若吾多病困，欲离事自全，以保余年，此真所乏耳，岂可见黄门而称贞哉？若趣欲共登王途，期于相致，时为欢益，一旦迫之，必发其狂疾，自非重怨，不至于此也。

野人有快炙背而美芹子者，欲献之至尊，虽有区区之意，亦已疏矣。愿足下勿似之，其意如此，既以解足下，并以为别。嵇康白。

【注释】

❶ 悔吝：追悔、悔恨。

❷ 揆：道理、看法。

❸ 能（nài）：通"耐"，受得住。

❹ 侪类：同类人或物，这里指同辈朋友。

❺ 降心：抑制天性。

❻ 鞅掌：政务缠身。

谢灵运 《与庐陵王义真笺》
心之所归，在乎山水之间也

这是谢灵运写给庐陵王刘义真的一封邀请信，邀其归隐山林。

谢灵运，名公义，会稽（今浙江绍兴一带）人，祖籍陈郡阳夏（今河南太康）。谢灵运出身于名门望族，祖父是车骑将军谢玄，他自出生就被寄养在钱塘杜家，十五岁才得以归家，故名客儿，世称"谢客"，长至十八岁承袭世爵，贵为康乐公。

谢灵运处于晋、宋易代之际，由于统治阶级内部相互倾轧，政治黑暗，社会动乱，所以隐逸之风大盛。刘宋王朝建立后采取抑制名门世族的政策，谢灵运按例被降为康乐侯。他本人聪慧好学，恃才傲物，具有强烈的政治抱负，但宋文帝刘义隆对他却是"唯以文义见接,每侍上宴,谈赏而已",他并未受到最高统治者的赏识,只是对方欢娱赏乐的玩伴。白居易说他"壮志郁不用,须有所泄处。泄为山水诗,逸韵谐奇趣"。谢灵运虽出身世家大族,可时运不济。他在政治上百般不得意,心中愤恨久积,转而放浪形骸于山水之间,一方面躲避黑暗的政治,以求自保,另一方面虽纵情山水,吟诗作句,可又难以忘怀过去骄奢的特权生活,他的内心矛盾复杂,进退两难。

山水是他宣泄内心不平情绪的出口,但是,他与山水美景之间的关系显然不同于王维"行到水穷处,坐看云起时"那种且行且游的自适,也不同于陶渊明"采菊东篱下,悠然见南山"的不疾不徐和悠游惬意。《南史》中记载谢灵运每次出游,随行的仆童数以百计,他们跟着谢灵运寻幽探胜,凿山开路,遇水搭桥,无所不至,这种"大刀阔斧"式的出游甚至惊扰了当地的官员与百姓。

鲍照称谢灵运的诗"如初发芙蓉,自然可爱",他将山水景物从背景地位转为主要描写对象,山水诗在其手上发扬光大直至成熟,他也因此被后人推尊为"山水诗的鼻祖"。谢灵运写山水诗,常常是"摹景+玄理"的模式,除了受当时谈玄说理风气的影响,还深受老庄思想浸淫,想借此超然物外,从而达到忘我的境界,所以他的诗即便结尾处的谈玄略显生硬也每每有之。刘勰洞悉谢灵运"山水不足以娱其情，名理不足以解其忧"的精神困境，他并没有达到真正的超脱境界，只是想竭力解决自己内心的难题，填补内心的空虚。但无论他怎样寄情山水，纵情恣肆，都无法做到天人合一，即便在山水中获得快感，也只是暂时的，现实的苦闷很快会再次将其吞没。所以谢灵运虽然生于门阀士族，贵为公侯，身处人人艳羡而不可逾越的阶级，可他孤独与寂寞的情绪早已在内心盈满而不得已外溢："矧（shěn）乃归山川，心迹双寂寞""萱苏始无慰，寂寞终可求"，他在山水中极力寻求慰藉，却还是抵不过内心永恒的寂寞。

　　刘义真，宋武帝刘裕次子，永初元年（420年）被封为庐陵王，后来，因政治斗争被废为庶人，迁至新安郡（浙江淳安）。谢灵运自视甚高，肆意任性，潜伏在暗处的危机本就伺机而动，又与庐陵王交好，更被当权者视为阻碍，纵使再恃才傲物他也觉察到隐退或许是最好的选择，所以他辞官回到故乡会稽郡的始宁县——一个无论他走到哪里都无法忘怀的地方。得知庐陵王被废黜贬至新安后，他特地致信邀其避居会稽，以求在尔虞我诈的政治斗争中保全性命：

　　　　会稽境内山清水秀，因此很多名士都合乎时宜地退隐并居住在此处。但末世的人爱慕荣华，真正做到幽居的人很少；有的人不过是为了一时所求，不能从隐居于山水中获得怡然之乐。至于王弘之先生，他脱去官服，回归田野，已经过了三十六年了；孔淳之先生在幽深的山谷中隐居，一如既往；阮万龄先生辞掉官职闲居在家，继承了先辈的事业。浙河之外，栖息于山川之间的，也不过只有这些人而已。他们既效仿上古时期的羲皇、唐尧，也斥责如今世俗的贪婪和追逐。殿下您喜欢上古时期的风尚，时常像一个普通百姓那样。每当想到昔日的那些场景，便幻想隐居在一处岩穴中；倘若这时再派遣一位随从，能够和您一起避世而居，那可真是千载美事啊。

谢灵运开篇就向好友刘义真介绍了会稽自古以来就是乱世之中的隐居佳处，接着又劝说，既然被当权者排挤又无力反击，那就归隐吧，在青山绿水中度过余生未尝不是一件美事，末了便诚挚邀请友人一同隐居。不幸的是，这封信寄出仅几个月，徐羡之、傅亮等人便发动政变，而庐陵王成了这场政治斗争中的牺牲品。

426年，谢灵运应召任临川内史，常常称病不到朝中轮班当值。他不理公务，却带领仆童游山玩水，对刘宋集团始终采取不合作的态度，这是当权者不能容忍的。刘义隆要他任临川内史好借机处处压制他，谢灵运十分抗拒这种不怀好意的政策，于是遭到了通缉追捕，最终被杀。

在特殊的时代背景下，谢灵运与陶渊明所面临的抉择有相似之处：两人都经历了出仕与归隐两种生存方式的纠结。但相似仅仅是表面的，陶潜说不慕荣利，回归田园，他便真的挂冠离去，躬耕劳作，于是他在田园中获得了真正的快乐，释放了自己的天性；而谢灵运在山水之间进退两难，根本无法填补内心深处的空缺，只能通过纵情山水体验短暂的快乐。我们从历史中得知，谢灵运的好友并不多，庐陵王算其中一个，可是年轻的他不得善终，谢灵运也在与当权者的斗争中草草离世，终其一生，也没有找到心灵的安顿之处。

【书信原文】

会境❶既丰山水，是以江左❷嘉遁，并多居之。但季世慕荣，幽栖者寡；或复才为时求，弗获从志。至若王弘之❸拂衣归耕，逾历三纪❹；孔淳之❺隐约穷岫，自始迄今；阮万龄❻辞事就闲，纂成先业。浙河之外，栖迟山泽，如斯而已。既远同义唐，亦激贪厉竞。殿下爱素好古，常若布衣。每意昔闻，虚想岩穴，若遣一介，有以相存,真可谓千载盛美也。

【注释】

❶会境:即会稽郡境内,今浙江绍兴一带。

❷江左:古地区名,指今长江下游南岸地区。此处专指东晋王朝。

❸王弘之:字方平,东晋琅琊临沂(今属山东)人。历任参军、主簿等职,后辞官隐居。生性喜好山水、钓鱼,与谢灵运纵放为娱,寄情自然。

❹纪:记年单位。一纪为十二年。

❺孔淳之:字彦深,东晋鲁郡鲁(今山东曲阜)人。生性乐山,不喜官场,曾拒官隐居而去。

❻阮万龄:陈留尉氏(今属河南)人。亦是向往山水的隐逸之人。

谢朓 《拜中军记室辞随王笺》
岂言陵霜质,忽随人事往

这是谢朓写给随王萧子隆的一封辞别信。

谢朓,字玄晖,南朝齐陈郡阳夏(今河南太康)人,因与谢灵运同族且皆负诗名,故世称谢灵运为"大谢",谢朓为"小谢"。谢朓自幼聪慧好学,承袭先祖遗风积极入仕,渴望建立功业以振家风。但是他所处时期政变迭起,统治阶级内部相互倾轧,皇权争夺愈演愈烈,谢氏家族经皇权压制早已不复前代荣光,曾经显赫的世家大族并未给谢朓带来十足的底气。不同于谢灵运的恃才傲物、狂浪任性,谢朓在可怖的政治氛围中谨小慎微,性情隐忍,自保意识强烈,他深知一着不慎,满盘皆输。

491年,随王萧子隆奉命出任荆州刺史,兼镇西将军，谢朓以文学侍从的身份跟随萧子隆赴任。萧子隆爱好文学，在荆州经常以文会友，招徕文人雅士开办文学沙龙，吟诗作赋，宴饮寻欢。谢朓因才高受到赏识，然木秀于林风必摧之，镇西长史王秀之对谢朓年少却受如此宠重这件事感到不满，并将自己的不满传达给萧子隆。谢朓得知后，以办事为由请求回京，有意避开仕途纷争，返还途中内心忐忑忧惧，提笔写下："常恐鹰隼击，时菊委严霜。寄言罻罗者，寥廓已高翔。"出仕为官，身不由己，谢朓心里已经郁积太多不可说和不能说了，幸好还有诗歌，在诗歌的国度，他可以抛却忧虑，无视那些虎视眈眈的"罻罗者"，尽情遨游于天际，内心坦然而自信。

返还京都后，谢朓即迁新安王中军记室，比起在荆州随王府邸，官职有所提升，可这也确证了他已卷入政治旋涡，独善其身已是痴心妄想，从今以后只能步步为营，如履薄冰。

此时谢朓内心的忧惧陡升，昔日欢饮达旦、唱和酬赠的美好时光已成过往。追忆从前，谢朓对随王萧子隆充满了想念和感恩，于是所有无形的思念都化为具体的言语，倾泻在这封手札中：

> 您曾经的文学侍从谢朓死罪。近来受到尚书召见，任命我补中军新安王记室参军。我知道

浅滩积水愿意归于大海，然而常常干涸；跛脚的劣马希望如良马般纵横驰骋，但是中途便感到疲累。这是什么原因呢？水泽中草木摇落凋零，而我面对此情此景怅然若失；现如今我要与过去的至交分道扬镳，各奔前程，我们中已经有人不忍分离而呜咽泪下。何况我空怀佩服您的想法，但不能实现归服于您的志向。我俩的依依惜别犹若雨滴从云层中分离坠落，秋天的落叶在风中空自飘零。

　　我实际上只是一介庸才，品行才能不值一提。幸运的是当今圣上贤明有德，而您也胸怀坦荡，愿意提拔奖掖我这样的卑微之士。所以我舍弃农具，离开田园，解褐入仕，在您的府邸持笔为文。和您一起东游三江，西涉七泽，于军帐之间往来奔波、酣饮畅谈。我每天着长袍与您交游，又乘车与您一同出行。这种荣耀树立于高贵的府邸，又承蒙君主赐予的恩典。如同刚洗完的头发沐浴在阳光下，所感受的恩惠无边无际。我摩挲着心胸，暗自思虑如何报答恩情，报恩的誓言早已立下，铭心刻骨。

　　谁能料到大鹏尚未徙于南冥，车辙浅水里的小鱼已游失；渤海正当春回温升，旅居的小鸟已先行飞离，只剩凄清寒彻的随王府邸，寂寥的茅草屋。为我送行的小船已经与我相背而行，只留下我

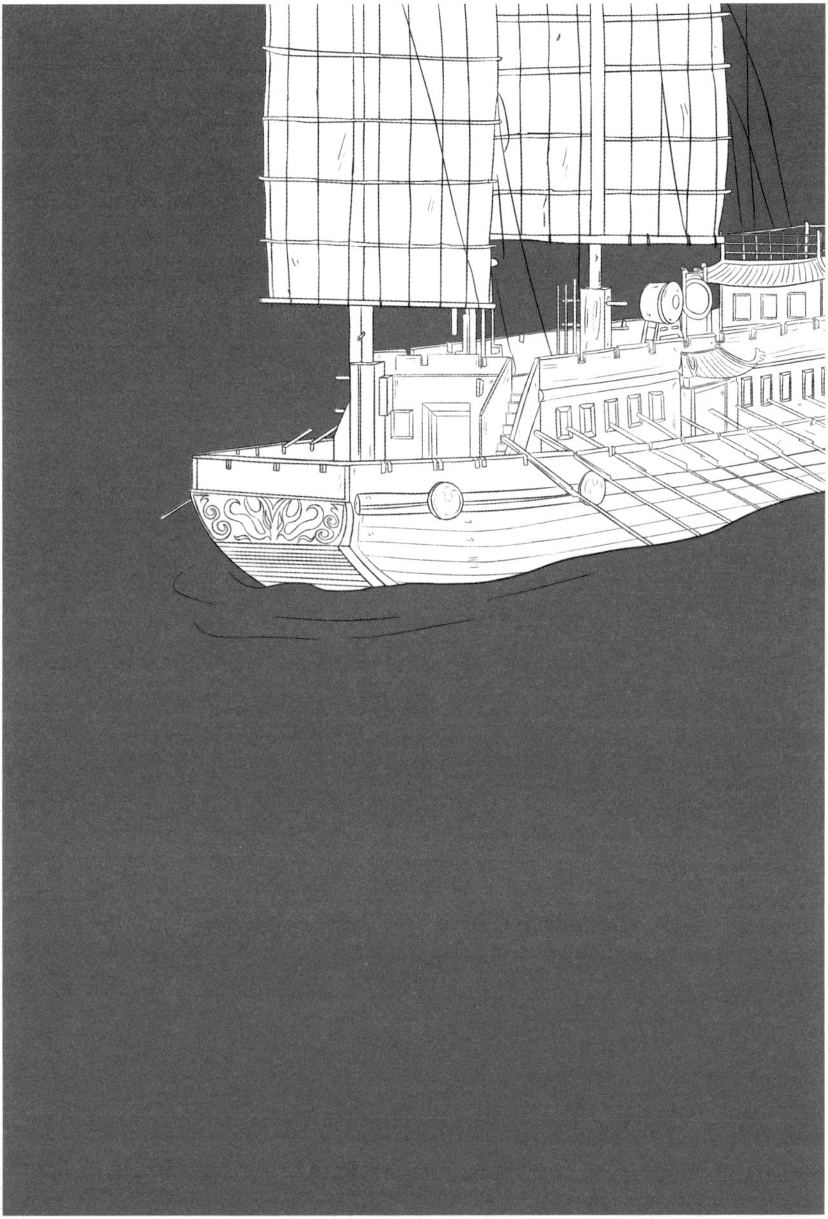

寂寥落寞的身影。白云在天空中飘荡，龙门远在天际，离开您的时间愈久，我对您的思念愈深。

现在，我只能伫立于青江畔，盼望您的船帆归来，朱色的王府大门缓缓开启，我愿意以微薄之心报答您的深厚恩情。如果您还未忘却旧日情谊，那么即便我死去，我的妻儿也会代我报答您的恩情。拭去满脸泪水与您告别，不禁悲从中来，百感交集。愿意为您效犬马之劳。

谢朓与萧子隆既是世俗意义上的君臣关系，又是精神契合、志趣相投的好友。在萧子隆这里，谢朓可以暂时忘却忧惧，从可怖的政治斗争中脱离出来，吟诗唱和。若天下承平，政局安稳，想必谢朓与萧子隆的情谊便可绵延至久，传为佳话，但现实远比想象残酷，一朝天子一朝臣，温情尚不能延续，转眼便身处险象环生的政治斗争中，谢朓只能将对萧子隆的思念与感激收存心中，以后就要效忠他主了。

495年，谢朓出任宣城太守，暂时远离政治旋涡中心，度过了一段平和安稳的时期，但好景不长，仅一年便被召回京，他的悲剧人生也正式拉开序幕，在朝廷与岳丈王敬则博弈对峙之时，他选择告发岳丈。这一争议性举动引得后世众说纷纭，人们多讽刺他怯懦畏葸，违背人伦情理之举实在不可饶恕；也有人认为王敬则起兵实为谋逆之罪，谢朓大义灭亲保全了政治气节，却平白背负千古骂名。但我们谁也不是谢朓，无从得知一千多年前的他内心经历了怎样的权衡与考量，所以对何种说法都不置可否，何况任何言论都改变不了他悲惨的人生结局：499年，谢朓遭诬告死于狱中，时年三十六岁，本是风华正茂的年纪。

魏晋南北朝时期政权迭变，杀戮不断，但文坛却繁荣一时，灿若星辰。谢朓的一生虽然短暂，却在文学史上留下了浓墨重彩的一笔。作为永明体诗人中成就最高的一位，他的诗以清丽圆美留名后世。卓越的文才既成就了他，也将他推向毁灭。生于世家大族，谢朓的起点足够高。但世间没有什么是永恒的，家族荣光亦是，走下坡路的家族并不能为他提供足够多的选择。身处政变不断的朝廷，他的人生也注定随政权更迭而波澜起伏，他需要在各种诱惑面前做出抉择。吊诡的是，更多时候他只是被选择的对象，一着不慎，他便陷入万丈深渊。

【书信原文】

　　故吏文学谢朓死罪死罪。即日被尚书召，以朓补中军新安王❶记室参军。朓闻潢污之水，愿朝宗而每竭；驽蹇之乘，希沃若而中疲。何则？皋壤摇落，对之惆怅；歧路西东，或以鸣唈❷。况乃服义徒拥，归志莫从。邈若坠雨，翩似秋蒂。

眺实庸流，行能无算。属天地休明，山川受纳，褒采一介，抽扬③小善。故舍耒场圃，奉笔兔园④。东乱三江，西浮七泽。契阔戎旃，从容讌语。长裾日曳，后乘载脂。荣立府庭，恩加颜色。沐发晞阳，未测涯涘；抚臆论报，早誓肌骨。

不悟沧溟未运，波臣自荡；渤澥方春，旅翮先谢。清切藩房，寂寥旧萆。轻舟反溯，吊影独留。白云在天，龙门不见。去德滋永，思德滋深。

惟待青江可望，候归艎于春渚；朱邸方开，效蓬心于秋实。如其簪履或存，衽席无改；虽复身填沟壑，犹望妻子知归。揽涕告辞，悲来横集。不任犬马之诚！

【注释】

❶中军新安王：指萧昭文，字季尚，文惠太子第二子，曾受封中军将军、新安王。

❷呜唈（yì）：呜咽，流涕抽泣。

❸抽扬：表扬。

❹兔园：汉景帝时梁孝王的园囿，这里代指随王府。

隋唐五代

交面交心重相忆

王绩 《答刺史杜之松书》
不如多酿酒，时向竹林倾

魏晋名士嵇康为拒绝好友引荐自己做官的请求，写了一封态度坚决的绝交长信，洋洋洒洒。三百多年后，有一位名叫王绩的隐士，为拒绝当地刺史邀请自己讲授礼法的请求，也写了一封狂傲疏放的拒绝信，信中他还将嵇康当作自己的精神寄托，推崇备至。

王绩，隋末唐初著名诗人，少时聪慧机警，博闻强识，有"神童仙子"之称。和大多数读书人一样，王绩也怀有通过入仕来实现个人价值的强烈愿望，有诗言："明经思待诏，学剑觅封侯。"他的仕途之路起步很顺利，拜秘书省正字，然而这并不是他理想中的高官要职，又因为不愿卷入政治旋涡，王绩自请外调。时值隋末，风雨飘摇，虽然已经尽可能远离政治中心了，但是诗人敏感的神经仍能感触到乱世的黑暗与糟乱。为躲避祸端，王绩不问世事，终日饮酒取乐，最终被人弹劾，解官离去，离开时还自叹道："网罗在天，吾且安之！"天下之大，却到处都是束缚，哪里才是我的安身之处呢？

至唐初，王绩被重新起用，第二次出仕也不顺利，郁郁而归，只是济世之志尚存于胸。后来王绩迎来了人生中第三次出仕，这次依然没有受到重用，因太乐署史焦革精于酿酒，他便请求任太乐丞。在任上，王绩不改简傲狂逸的行事做派，不为人所喜又不得志，他索性再次辞官归隐。

这位日饮斗酒的田园学士，曾在仕隐之间艰难抉择，无奈之下割舍掉仕途的理想，转而游荡于心灵的竹林间。回归故里后，王绩与隐士结邻而居，依旧狂饮狂醉，田间地头、山泽溪边，处处可见他的身影。得亏这位斗酒学士遍览群书，学识渊博，又作得一手好诗，信手就能绘就一幅薄暮山野图：

  东皋薄暮望，徙倚欲何依。
  树树皆秋色，山山唯落晖。
  牧人驱犊返，猎马带禽归。
  相顾无相识，长歌怀采薇。

——《野望》

王绩在家乡诗名远播，当地刺史杜之松是他的旧交，因仰慕其为人和学识，便请求会见，王绩拒而不见，言说："我不能到刺史家中，谈论一些糟粕，而舍弃了我的美酒。"杜之松更加崇敬其人，"岁时赠以美酒鹿脯，诗书往来不绝"。当杜之松派人来邀请王绩讲礼时，他正与人酣饮，听得此事，狂笑不止，前仰后合，不由得心生嘲讽：我与名教礼法相去已久矣，如今竟有人邀请我去讲礼，真是滑天下之大稽！随后只是将《家礼》一书借了出去，连连摆手轰走来人。然而回过神的王绩，或许是想起了嵇康在盛怒之下写作《与山巨源绝交书》一事，内心深处某个沉睡已久的角落猛然间被唤醒，略作思量之后，挥笔写了一封回绝信表明心志：

> 前些日子，陈博士到我家来，遵照您的意思向我借《家礼》这本书，我把这本书和书套一并封好送到，望您接纳。随后我得知您有意邀请我去府上宣讲礼法，听罢这个消息，我狂笑不止，不能自控。难不成先生您之前对我的厚爱只是与我相识却并不了解我？
>
> 我呢，放荡疏阔，任性而为，或许是有原因的吧。而且我与世疏离，摒弃名利也很久了。陶潜好酒归田园，率性而为，不为礼法名教所羁

绊；嵇叔夜操琴入山林，天性使然，整日以暮烟朝霞为伴。而我爱好游山玩水，自放山林，乐不思蜀；爱好清谈玄理，废寝忘食。我现在归隐于南边一僻远处，时不时到北边山坡逛一逛。我的家中弟兄将我视为隐逸之人，乡亲们都将我看作狂妄之人。我平日里总吟诵陶潜归去来兮之作，不知不觉就更倾心于其中旨趣；也经常诵读招隐之诗，总觉得还没尽兴就读完了。青天是我的纱帐，土地是我的席子，月亮是我的挚友，微风是我的知己。喜逢新岁时，我会献椒柏酒以示祝贺；仲秋来临时，我将摘一捧菊花。晋代名士罗含性情高逸，其宅内生长着丛丛幽香兰花；晋代诗人孙绰德行高尚，其宅内长有一株常青松。我经常大声吟诵，厉声狂啸，随身挎着一壶好酒，且行且饮，痛快至极，与那些相知相契的人伴游，将岁月流逝、老之将至全都抛诸脑后。

倘若使我服服帖帖摆弄衣冠服饰，制约自己的本性，在您的府邸门前行礼求见，在您的酒会上左右逢迎，大谈一些久远的礼法糟粕，而无视当下的玉琼佳酿，这我根本无法做到啊！我实则只是用草制成的刍狗和难以重用的散木。您离去吧大人！别耽搁我享受隐逸之乐。王绩奉上。

这封拒绝信写得狂妄放诞,潇洒率真,一如王绩本人。听闻刺史大人邀请自己讲礼,他一上来就"闻命惊笑,不能已已",将自己最真实的情态表现了出来,还一五一十地回告了刺史。信中自谓"非复礼义能拘",他十分敬仰挂冠离去的陶渊明和决绝归隐的嵇康,自己选择彻底归隐之后,便常与这些名士隐者采菊东篱下,畅游竹林间,狂饮清溪边。王绩将自己的志趣一口气抒发出来,最后斩钉截铁,毫不客气地说"去矣君侯!无落吾事。"

幸而这位刺史大人雅量高致,虽然对王绩拒绝讲礼这件事心怀遗憾,但还是尊重他的选择,真诚地给他回了信:

> 承蒙您降尊回信,得知您不肯屈驾前来,我扼腕哀叹,遗憾不已!我本以为念及我们之间的旧情,也许可以邀请您光临寒舍。不料您像郑康成那样道高德重,不乐意世俗官吏向您讨教;如老莱子那样深居简出,耻于结交诸侯。我久立等待而您不来,该如何是好!可是您若能够守住自己的坚贞气节,也实在是幸甚至哉!
>
> 想到您虽在俗世修建房屋,却潇洒地隐遁于山林间。山间的纵横丘壑,烟雾云霞正适合您修身养性。于丹桂下乘凉,于白茅上静坐,浊酒一

杯，抚琴数曲，实在是一大快事。您是真正的性情高逸之士，为什么自称狂生呢？

我承蒙皇恩，来到贵地担任刺史一职。由于政务缠身，不能前去向您讨教，只得迎风久伫，引颈盼望，我因等待萌发的忧郁之情了无边际。之前有机会巡视各县，其实很想去探望您。只怕您会如敦煌孝廉汜腾那样，独守清琴诗书而闭门不出；像宋纤那样，使排列仪仗、奏起音乐前来造访的酒泉太守空归。所以我久久迟疑，最后踏马归去。

我虽不聪敏，却也读过一些经书典籍。我明白道义可贵，荣华富贵不值得依恃。我可不可以像晋平公侍奉亥唐那般尊敬您，如魏文侯向子夏行师礼那般对待您？齐桓公的道德修养虽不深厚，但接连五次造访，最终见到贤士；眭夸不愿接受崔浩的引荐，但前去京师会见故交又有何妨？

感谢您借我《家礼》一书，我如今正在翻阅研读。书中内容幽深而精妙，简要而完备，实在是经与传的经典概括、家庭闺门的重要法则。但是里面关于丧礼的新注解，我还是有些疑惑，我已经按顺序标注出来，抄写在别的纸张上，准备向您请教。希望您在酒宴酣畅之余，能够为我解说一二。期待您再次给我来信。杜之松奉上。

王绩的言语狂妄至极，颇有狂生之态，但是这位杜刺史并无怪罪之意，回信时言语得体，表现出了良好的修养。在他看来，王绩并非狂生，与俗世断绝往来，隐于山林，此乃"真高士"。他将王绩纵身山林、畅游东皋、操琴奏曲、饮酒寻乐的行为称赞了一番。只是杜刺史对王绩拒绝会面的事情仍未死心，恭敬地反问了一句："睚夸故人，一来何损？"末了还诚心请教问题，字里行间充满了对王绩的尊重与仰慕。

隐于乡间的王绩对官场失望透顶，先前怀抱济世之志，屡次入仕，却总是屈居下僚，悲苦难言，发出了"秕糠礼义，锱铢功名"的慨叹。为妥善安置自己的矛盾与失意，他将目光投向了魏晋风度，崇拜并效仿魏晋名士孤高简傲、狂饮狂醉的人生姿态。他狂浪疏放、逍遥适意的行为背后，潜藏着一颗悲苦无奈的心，而人情练达的杜刺史，给予了这一狂生足够的尊重与包容。何以君子？是以君子。

【书信原文一】

月日，博士[1]陈奁至，奉处分[2]借《家礼》，并帙封送至，请领也。又承欲相招讲礼，闻命惊笑，不能已已。岂明公前春或徒与下走[3]相知不熟也？

下走意疏体放，抑有由焉，兼弃俗遗名，为日久矣。渊明对酒，非复礼义能拘；叔夜携琴，唯以烟霞自适。登山临水，邈矣忘归；谈虚语玄，忽焉终夜。僻居南渚，时来北山。兄弟以俗外相期，乡间[4]以狂生见待。歌去来之作，不觉情亲；咏招隐之诗，惟恍句尽。帷天席地，友月交风。新年则柏叶为樽，仲秋则菊花盈把。罗含宅内，自有幽兰数丛；孙楚庭前，空对长松一树。高吟朗啸，挈榼携壶，直与同志者为群，不知老之将至。

欲令复整理簪履，修束精神，揖让邦君之门，低昂刺史之坐，远谈糟粕，近弃醇醪，必不能矣！亦将恐氂狗[5]贻梦，栎社见嘲。去矣君侯！无落吾事。王君白。

【注释】

❶博士：隋唐时期精通一艺的官职名。

❷处分：嘱咐、吩咐。

❸下走：谦辞，这里指王绩自贬为供对方驱使的仆役。

❹乡间：这里指同乡人。

❺刍狗：古时结草为狗，乃祭祀之物。

【书信原文二】

辱书，知不降顾，叹恨何已？仆幸恃故情，庶回高躅❶。岂意康成道重，不许太守称官；老莱家居，羞与诸侯为友。延伫不获，如何如何！奇迹独全，幸甚幸甚！

敬想结庐人境，植杖山阿。林壑地之所丰，烟霞性之所适。荫丹桂，藉白茅，浊酒一杯，清琴数弄，诚足乐也。此真高士，何谓狂生？

仆凭藉国恩，滥尸❷贵部。官守有限，就学无因。延颈下风❸，我劳何极？前因行县，实欲祗❹寻。诚恐敦煌孝廉，守琴书而不出；酒泉太守，列钟鼓而空还。所以迟回，遂揽辔也。

仆虽不敏，颇识前言。道既知尊，荣何足恃？岂不能正平公之坐，敬养亥唐；屈文侯之膝，恭师子夏？虽齐桓德薄，五行无疑；睚夸故人，一来何损？

蒙借《家礼》，今见披寻。微而精，简而备，诚经传之典略❺，闺庭之要训也。其丧礼新义，颇有所疑，谨用条问，具如别帖。想荒宴之余，为诠释也。迟❻更知闻。杜之松白。

【注释】

❶高躅（zhú）：品行高洁。

❷滥尸：谦辞，杜刺史谦称自己居其位而不做其事。

❸下风：谦辞，杜刺史谦称自己身居低位。

❹祗（zhī）：敬辞，恭敬、尊敬。

❺典略：经典要略。

❻迟（zhì）：等待。

太平公主 《大唐故昭容上官氏铭》
势如连璧友,心似臭兰人

生人可以借书信传情达意,但是佳人殒命,该怎么办呢?太平公主以悼文代书信,写给上官婉儿:自你走后,山河失色,"我站在你的坟茔旁,只能空空地望着松树和槚树,静听风掠过的声音。希望千年万年之后,还会有人歌颂你,赞美你"。公主写给婉儿的悼词,情逾骨肉,力透纸背,只是不曾奢望回应。

上官婉儿乃一代权臣,生前"两朝专美,一日万机",被誉为巾帼宰相,婉儿与朝政周旋久,朝廷中权力斗争激烈,政变迭起,她凭借清醒的头脑和良好的政治素养,在不同政权之间游走立足。她以政治为人生舞台,做出过卓越政绩。同时婉儿还是诗人、文学家,文才卓绝,也曾引领文坛风气,一度称量天下。

"才艺是天真，不信丈夫胜妇人"或许是对婉儿最为贴切的评价，"才华与生俱来，从不听信男子强于女子的谬言"。不过历史也许并没有对上官婉儿做出公允的评价，人一旦殒命，就失去了话语权，湮没在历史长河中，即使婉儿耀眼得不能让人忽视，也只能如一册无字书，任人涂抹、描画。作为政治斗争的失败者，史书对她的记载以负面为主，将她扭曲成牝（pìn）鸡司晨的形象，不论当时还是后世，都附会给她太多太多莫须有的罪名。

若要了解上官婉儿，至少要从她的祖父上官仪说起。上官仪是初唐著名诗人，也是长伴君侧的宰相，滔天的权势带给上官家族荣耀的地位和无尽的财富，但是任何事情都是风险与收益并行，长伴君侧，最大的隐患便是朝不虑夕。祖父一着不慎被株连九族，上官氏十五岁以上的男丁全被处死或流放，婉儿的命运也由此改写。那时的她还是襁褓中的婴儿，就随母亲郑氏一起没入掖庭，沦为官奴。得益于唐朝开明的教育制度，婉儿虽是奴隶身，依然能够接受宫廷教育，加上自身聪慧机敏，小小年纪便诗名在外。十三岁那年婉儿受到武则天召见，见她文章写得行云流水，有如宿构，武则天大悦，废其贱籍，封为才人。上官婉儿的命运在此刻发生了戏剧性转变，她被武则天领进朝堂，参决朝政。此后，上官婉儿辅佐武则天执政长达二十七年。

705年，神龙政变爆发，这是太子李显联合朝廷大臣谋划的一场政变，意在逼迫女皇武则天退位。政变结果是李显即位，复国号为唐，是为唐中宗。在清算武则天遗臣时，上官婉儿不罚反奖，被册封为昭容，还被任命专掌制诰，即起草诏书。原来，此前婉儿协助武则天处理朝政时，也暗中与李显、李显的皇后韦氏一派往来，婉儿的辅政能力有目共睹，亦深得他们赞赏。唐中宗时期，上官婉儿的仕途依旧顺遂。作为重臣，她常常随驾出游，出游途中免不了献诗应和。隆冬时节，婉儿随帝行幸山河，这里雪裹大地，风啸原野，当她看到骏马在霜原上一往无前、奔腾疾驰时，难抑自己内心激荡的豪情，故写下"遥看电跃龙为马，回瞩霜原玉作田"。笔下的文字力道遒劲，气势非凡。同时期，在唐中宗支持下，婉儿还主持改革了修文馆，广泛招徕诗词才子，赋诗唱和。此外，她大力推崇健朗清雅的诗歌风格，一改祖父"绮错婉媚"的上官体，引领了当世文坛风气。上官婉儿在政坛文坛上的举措，皆是她心中万丈豪情的外化。身处政治旋涡，婉儿深谙：唯一不变的就是变化本身。她时刻面临着险境，一如祖父当年，所以每一步都走得小心谨慎。

710年，唐隆政变爆发，这是相王李旦第三子李隆基与太平公主主导的一场宫廷政变。当年唐中宗李显即位后，立马封韦氏为皇后，没承想这位韦皇后野心勃勃，大有成为第二个武则天之意，还一直向唐中宗施压，想立女儿安乐公主为皇太女。于是，在李显崩逝后，李隆基率禁军斩杀了韦皇后和安乐公主，权倾一时的韦氏集团宣告覆灭。当李隆基率军来到上官婉儿处时，只见她面不改色、不疾不徐地拿出了一份唐中宗的遗诏，这时的婉儿已经依附太平公主，同她草拟了这份协助相王李旦夺权的遗诏。然而李隆基知道，最大的政敌韦氏集团已灭，接下来就是自己与姑姑太平公主之间的殊死搏斗，显然上官婉儿站在自己的对立面，于是他毫不犹豫地将婉儿斩于旗下，一代女官香消玉殒，时年四十七岁。上官婉儿死后，葬于洪渎原，这里一并葬有太平公主的姥姥、第一任丈夫薛绍以及女儿万泉县主。

太平公主是武则天最宠爱的孩子，上官婉儿曾是武则天最得力的助手。按理说，两个年龄相仿、聪慧伶俐的女孩儿成为好朋友并不奇怪，然而关于婉儿与公主的关系，史书中几乎没有记载，因此人们只能做合乎情理、合乎事理的推测，再无其他。直到2013年，陕西咸阳发掘了上官婉儿墓。人们惊奇地发现这是一座空墓，壁画、棺椁、尸骨荡然无存，墓室也被严重毁坏，只留下了九百八十二字的大型墓志，也正是这一墓志，引起学界对上官婉儿与太平公主关系猜测的更大波澜：

大唐故婕妤上官氏墓志铭　并序

道的玄妙之处，在于乾坤得之，由抽象变得具象；气的精妙之处，在于大自然靠它而运行不辍、生生不息。就像将泥土烧制成精巧的陶制品一样，得把控好烧制时的各种条件，成品才能无懈可击。道和气几乎不能同时出现在一个人身上，如果有人同时具备道和气，那一定是个空前绝后的人才，千年难遇。

婕妤姓氏为上官，祖籍在陇西上邽，其先祖是颛顼帝高阳氏之子孙。家族中曾有一位男子官至楚国上官大夫，所以后代便以上官为姓，辈辈相传；家族中还有一位女子被汉昭帝封为皇后，自此，上官家族富贵不绝，功勋显赫，人才辈出。

上官婉儿的曾祖名叫上官弘，曾担任隋代滕王府记室参军、襄州总管府属、华州长史、会稽郡赞持、尚书比部郎中。曾跟随毂城公吐万绪平服江南地区，朝廷授他通议大夫的官职。上官弘博学多识，学养深厚，妙笔生花。朝堂上，他身着华美服饰风度翩翩；出征时，他佩带宝剑气势凛然，扫荡敌军，清除阴霾。

上官婉儿的祖父是上官仪，官历皇朝晋府参军、东阁祭酒、弘文馆学士、给事中、太子洗马、中书舍人、秘书少监、银青光禄大夫、行中书侍郎、同中书门下三品，死后朝廷追赠他为中书令、秦州都督、上柱国、楚国公，追封食邑三千户。上官仪的才德如同起伏澎湃的大海、巍峨矗立的高山，使之为木，他能够变成良弓，使之为铁，他可以锻造成利剑。上官仪写文章会遍览群书搜集资料，好的坏的都要一一甄别，一时间文库里的藏书都被他读尽；写就的文章言辞错综华美，如烟霞般绚丽，终成当世文坛宗师。上官仪在朝堂上积极进言献策，用长远的眼光看待事物，辅政能力一流，同朝官员和下级官员对他的才能与品德极其仰慕，争先恐后与其交好；上官家族的府邸辉煌宏伟，上官氏人才辈出，而上官仪居富贵却不大肆享乐，处高位而重情义，与故旧的情谊也不曾改变。上官仪生前声名远播，帝王赐他的圣旨填满了偌大书屋；他死后依然被皇帝追念，赠与他的制诰嘉奖追至九泉下。

上官婉儿的父亲名叫上官庭芝，曾任左千牛，以及周王李显的府官。他才能卓异，在一众君子贤士中脱颖而出。上官庭芝多谋善虑，尽心尽力为皇帝做事，从不说无谓的话；在朝堂上，他对于国家大事侃侃而谈，忠心为国。上官庭芝的德行如参天树木孤绝高逸，彰显大唐气象；如千里骏马昂扬挺拔，声名远播。然而命数难定，他受楚国公上官仪之牵累被罢去官位，夺除官服，辞别朝堂，远离京城，随父亲流徙荒蛮之地，最终在惊惧担忧之中丧命。后来他被追赠为黄门侍郎、天水郡开国公，追封食邑三千户。朝廷曾遣人到荒野之地寻找他的骸骨，然而连包裹其尸体的席子都毫无踪影；仅在宫中秘府里，找到他生前写的诗词文章。

　　上官婕妤天赋明淑之姿，神助贤德之范。她以诗书为乐园，采撷其中的精华玄妙；以笔墨为机杼，织就锦绣般华美篇章。十三岁时被武则天册封为才人，精通诗书、文才卓绝，聪慧机警、反应灵敏。协助先皇治理乱政，除旧布新，救百姓于疾苦中，承袭大唐风范。神龙元年，婉儿被唐中宗封为昭容。这一时期韦氏不断扩张自己的权力，欲动摇皇室血脉。乱臣贼子争相献媚，怂恿韦氏立女儿安乐公主为储君，安乐公主亦在暗地里与乱党勾结，密谋造反之事。昭容察觉后，浴血进谏，竭力恳请圣上下令，革除朝中逆党。

但是先帝宅心仁厚，有意掩盖韦后与安乐公主的罪行，昭容认为事情不能照此发展下去，但也没有想到特别好的办法。她的上策是请奏皇帝，揭露韦氏集团的丑恶行径，依法治罪，然而皇帝没有采纳她的建议；中策是请求皇帝罢其昭容之位，皇帝也没有答应她；再然后，她又请求削发出家远离宫廷是非，这个计策也没有成功；最终，她选择喝下毒酒以死明志，几乎丢掉性命。先帝爱惜上官婉儿的才能，怜惜她的忠贞，征求天下良医救治命悬一线的婉儿。其间几度病危，医治了好几个月，婉儿的身体才慢慢好转。康复后她自请降为婕妤，恳求再三，先帝才批准。先帝驾崩之后，举国同哀。韦后全面摄政，欲加害百姓；此事涉及整个韦氏集团，这些逆臣乱党计划倾覆李唐江山。幸好太子李隆基密谋了宫廷政变，凭借智慧与武力推翻了乱党当政的局面。既没有违逆天意，又顺应了臣民的心愿，拯救李唐社稷于动摇之际，恢复帝王之位于危难之中。昭容陷于险境，依然面不改色，安然处之。暂且在宫中与逆党斡旋，里应外合，委命于天地乾坤。然而暗箭难防，最终于混乱中亡命，时年四十七岁。皇帝贤明圣德，悲伤哀痛，下令厚葬上官婉儿，并追封官位。太平公主痛彻心扉，赠绢五百匹，派人前去吊唁，写给婉儿的悼词哀婉缱绻，字字泣血。大唐景云元年八月二十四日，上官婉儿安葬于雍州咸阳县茂道乡洪渎原，下葬仪式皆照礼节进行。陪葬物品有龙龟八卦等，与婉儿并埋地下；还有金质器乐，随婉儿尸骨同入坟墓。太平公主的悼词如下：

其一

上官氏为名门望族，家族历史源远流长。家族富贵显耀，人才辈出。上官婉儿承袭先祖遗风，贤明淑德，光芒耀眼。入朝为官，才位相符。

其二

潇湘水断流，巍峨山倾塌，玉珠沉河底，连璧玉毁损。我站在你的坟茔旁，空空地望着松树槚树，静听风掠过的声音。希望千年万年以后，仍有人歌颂你，赞美你。

史书记载在上官婉儿殁后，李隆基予其高规格墓葬，还下令搜集婉儿的诗文结成集子。然史书撰写公允与否，受制于多重因素，很大程度上听任当权者授意。张说在《唐昭容上官氏文集序》末段提及太平公主与婉儿，文曰："昔尝共游东壁，同宴北渚，倏来忽往，物在人亡。悯雕琯之残言，悲素扇之空曲，上闻天子，求椒掖之故事；有命史臣，叙兰台之新集。"记录了婉儿曾与公主一同游玩，参加宴会，同时写明公主对婉儿的死悲痛欲绝，无法释怀，请奏为她编纂文集。

随着上官婉儿墓的发掘，她与太平公主之间尘封千余年的生死情谊得以重见天日，或许墓志部分并非公主亲自撰写，但极有可能是公主努力争取的结果。生于帝王家，太平公主深知婉儿死后会遭遇何种对待，她在悼词中深情赞美了婉儿的才华与功绩，为其正名。上官婉儿虽不生于帝王家，却长于帝王家，她自小就明白，如果不主动出击，提前为自己规划，就会任人宰割。她打起精神，凭借卓越才能游走于权势之间，却还是死于非命，唯太平公主记得她的好。

只是没过多久，公主就被赐死家中，盛世双姝先后陨落。一位尊为镇国公主，一位被誉为巾帼宰相，她们聪慧智勇，才华卓绝，历经血海洗礼，深谙权谋之术，一度攀至权力高峰。在有限的生命里，两人都没有辜负上天赐予的才能，奋力挣脱世俗礼教的枷锁，努力探索生命的边界，尽情地绽放自己。

太平公主与上官婉儿既是政治同盟，也是生死之交，希望未来有更多史料出土，帮助我们还原出真实的太平公主与上官婉儿。借此墓志，唯愿双姝"千年万岁，椒花颂声"。

【书信原文】

大唐故婕妤上官氏墓志铭　并序

夫道之妙者，乾坤得之而为形质；气之精者，造化取之而为识用。挺埴❶陶铸，合散消息，不可备之於人，备之於人矣，则光前绝后，千载其一。

婕妤姓上官，陇西上邽人也，其先高阳氏之后。子为楚上官大夫，因生得姓之相继；女为汉昭帝皇后，富贵勋庸之不绝。曾祖弘，隋藤（应为"滕"）王府记室参军、襄州总管府属、华州长史、会稽郡赞持、尚书比部郎中。与毂城公吐万绪平江南，授通议大夫。学备五车，文穷三变。曳裾入侍，载清长坂之衣冠；杖剑出征，一扫平江之氛祲❷。祖仪，皇朝晋府参军、东阁祭酒、弘文馆学士、给事中、太子洗马、中书舍人、秘书少监、银青光禄大夫、行中书侍郎、同中书门下三品，赠中书令、秦州都督、上柱国、楚国公，食邑三千户。波涛海运，崖岸山高，为木则操作良弓，为铁则砺成利剑。采摭❸殚於糟粕，一令典籍困穷；错综极於烟霞，载使文章全盛。至於跨蹑簪笏，谋猷庙堂，以石投水而高视，以梅和羹而独步，宫寮府佐，问望相趋，麟阁龙楼，辉光递袭，富不期侈，贵不易交。生有令名，天书满于华屋；没有遗爱，玺诰及于穷泉。父庭芝，左千牛，周王府属，人物本源，士流冠冕。宸极以侍奉为重，道在腹心；王庭以吐纳为先，事资喉舌。落落万寻之树，方振国风；昂昂千里之驹，始光人望。属楚国公数奇运否，解印褰裳，近辞金阙之前，远窜石门之外，并从流逝，同以忧卒。赠黄门侍郎、天水郡开国公，食邑三千户。访以荒陬❹，无复藤城之榇；藏之秘府，空余竹简之书。

婕妤懿淑天资，贤明神助。诗书为苑囿，捃拾得其菁华；翰墨为机杼，组织成其锦绣。年十三为才人，该通备于龙蛇，应卒逾于星火。先皇拨乱返正，除旧布新，救人疾苦，绍天明命。神龙元年，册为昭容。以韦氏侮弄国权，摇动皇极。贼臣递构，欲立爱女为储，爱女潜谋，欲以贼臣为党。昭容泣血极谏，扣心竭诚，乞降纶言，将除蔓草。先帝自存宽厚，为掩瑕疵，昭容觉事不行，计无所出。上之，请摛伏❺而理，言且莫从；中之，请辞位而退，制未之许；次之，请落发而出，卒为挫衄；下之，请饮鸩而死，几至颠坠。先帝惜其才用，慜❻以坚贞，广求入腠之医，才救悬丝之命。屡移朏魄，始就痊平。表请退为婕妤，再三方许。暨宫车晏驾，土宇衔哀。政出后宫，思屠害黎庶；事连外戚，欲倾覆宗社。皇太子冲规参圣，上智伐谋，既先天不违，亦后天斯应，拯皇基于倾覆，安帝道于艰虞。昭容居危以安，处险而泰。且陪清禁，委运于乾坤之间；遽冒锋铓，亡身於仓卒之际。时春秋四十七。皇鉴昭临，圣慈轸悼，爰造制命，礼葬赠官。太平公主哀伤，赙赠绢五百匹，遣使吊祭，词旨绸缪。以大唐景云元年八月二十四日，窆❼于雍州咸阳县茂道乡洪渎原，礼也。龟龙八卦，与红颜而并销；金石五声，随白骨而俱葬。其词曰：

其一

巨阀鸿勋，长源远系。冠冕交袭，公侯相继。爰诞贤明，是光锋锐。宫闱以得，若合符契。

其二

潇湘水断，宛委山倾。珠沉圆折，玉碎

连城。甫瞻松槚，静听坟茔。千年万岁，椒花颂声。

【注释】

❶挻埴（shān zhí）：和泥烧制陶器。

❷氛祲（jìn）：比喻叛乱、动荡。祲，指不祥之气。

❸采摭（zhí）：撷取、挑选。

❹荒陬（zōu）：僻远之地。

❺擿（tī）伏：曝光坏事。

❻愍（mǐn）：同"愍"，怜悯、怜惜。

❼窆（biǎn）：安葬。

陈子昂 《与韦五虚己书》
念天地之悠悠,独怆然而涕下

这封信约写于武则天圣历元年(698年),陈子昂随武攸宜征讨契丹败归,决计归隐前夕。

陈子昂,字伯玉,梓州射洪(今属四川)人,因曾担任右拾遗一职,世称陈拾遗。陈子昂出生在一个家产丰盈、思想开明的家庭,其祖父陈辩少习儒学,却以刚烈的个性、凛然的气节闻名于世;父亲陈元敬尚气任侠,饱读诗书,取明经科却不喜做官,选择归隐故乡,修道炼丹。陈子昂承袭了父辈慷慨豪侠的气质,富贵无忧地度过了自己的青少年时期,不识人间愁滋味。直至十七八岁,陈子昂才开始发奋读书,他广泛涉猎经史百家,研究帝王将相兴邦治国的学问,逐渐确立起辅佐贤君明主、兼济天下苍生的高远志向。

684年，陈子昂进士及第，深得武则天赏识，拜麟台（即秘书省）正字。两年后的春天，为平定西北突厥引发的叛乱，陈子昂首次随军北征，担任乔知之的幕僚。他沉着冷静，洞观局势，积极为平定暴动出谋划策，然所呈建议皆不被采纳。将士们历经艰险，驰驱塞外，最终却落败而归。陈子昂深感沮丧，当即写诗寄给友人韦虚己，倾诉心中郁闷："纵横未得意，寂寞寡相迎。负剑空叹息，苍茫登古城。"出征前壮志勃发，岂料理想被现实撞个粉碎，只留下满心遗憾。

韦虚己精通兵法谋略，曾数次随军征战，积累了丰富的出征经验。像陈子昂这样建议不被采纳、无功而返的情形，他亲身经历了很多次，所以好友此刻低落的心情他能够感同身受。为安抚陈子昂的情绪，韦虚己立即致信朋友，帮助其调整心态。

694年，陈子昂因连坐谋反之罪下狱，翌年获武则天赦免。出狱后，他上书《谢免罪表》，表明自己远赴边境从军的愿望，以示忠心。696年，契丹发生叛乱，陈子昂被任命为军队参谋，随建安王武攸宜讨伐契丹。征讨期间，陈子昂审时度势，向武攸宜提出诸多军事谋略，但武攸宜借口其只是一介书生，哪懂用兵打仗，直接拒绝他的谏言。后陈子昂继续进谏，却惹怒武攸宜，随即被贬为军曹。这下，满心报国热情的陈子昂幡然醒悟：将领昏庸无能，自己所做的努力都将是徒劳，便不复多言。

契丹一战惨败，陈子昂个人抱负无法实现，悲愤之下登上了幽州台。想到这里曾是燕昭王广纳贤才的旧址，陈子昂不禁悲从中来，黯然垂泪，内心充满了对先贤明君的渴望，挥笔写下千古绝唱《登幽州台歌》："前不见古人，后不见来者。念天地之悠悠，独怆然而涕下。"

夜深人静时独登黄金台，陈子昂不再困囿于个人的荣光与失意，而让自己置于苍茫辽阔的时空里。在这里，陈子昂流下了泪水，同时发出了英雄的呐喊，随之迸发而出的还有他的孤独与勇气。昨日之日不可留，他决计辞官，归隐故里，因而给好友韦虚己写下这封信：

> 时运不济，圣人对此也无可奈何，何况只是贤者呢！我曾经不自量力，认为个人能够掌控人生的成败得失，想要把所闻所见揭示出来，和当权者抗衡较量。殊不知现实与理想大不相同，这使得我自惭形秽，癫笑摔倒，责怪为什么会怎样。
>
> 虚己啊，还能说些什么呢？道义可以施行，是命；道义将被废黜，这也是命！我将怎样对待自己的命呢？

雄健的文笔！雄健的文笔！这些都弃我而去藏于东山，不要搅乱我的思绪，不要扰乱我的内心，就此隐退吧。

恰逢生病不能与你面对面交谈，就写下这些话。子昂述。

陈子昂开门见山，直接向朋友言明辞官缘由，还自嘲"仆尝窃不自量"。事到如今，陈子昂每每想起初入政坛时放言"得非常之时，遇非常之主"的自己，便觉可笑至极！在朝为官的这些年，他一次又一次重整旗鼓，上疏陈事，却只能收获一次比一次沉重的失落。陈子昂百思不得其解，为什么自己不得重用。他问韦虚己："何可言耶？"我还能说什么呢？可能这就是我的命吧！就这样，陈子昂怀着伟大抱负与无限遗恨，从此遁矣。

陈子昂隐居故里后，县令段简闻其富有，便以莫须有的罪名将他逮捕下狱。700年末，陈子昂忧愤而卒，葬于射洪独坐山。

陈子昂是一位有远大谋略的政治家，初入仕途，便受到武则天赏识，却穷尽一生无法实现自己的政治抱负，最终郁郁归隐。政治之外，陈子昂在文坛上同样识见卓越，是唐代诗文革新的先驱，韩愈赞其"国朝盛文章，子昂始高蹈"，杜甫称之"公生扬马后，名与日月悬"。他试图为初唐诗坛指引方向，将其从浮华繁复的辞藻中解脱出来，使诗歌对社会现实有积极影响，真正反映时代趋势。陈子昂虽然孤身一人，却是雄踞于天地之间的勇士。

【书信原文】

命之不来也，圣人❶犹无可奈何，况于贤者哉！仆尝窃不自量，谓以为得失在人，欲揭闻见，抗衡当代之士。不知事有大谬异于此望者，乃令人惭愧悔赧❷，不自知大笑颠蹶❸，怪其所以者尔。

虚己足下，何可言耶？夫道之将行也，命也；道之将废也，命也！子昂其如命何？

雄笔，雄笔！弃尔归吾东山❹，无汩我思，无乱我心，从此遁❺矣。

属病不得面谈，书以述言。子昂白。

【注释】

❶圣人：古时指具有最高道德标准的人。
❷悔赧（nǎn）：羞惭，悔恨。
❸颠蹶（jué）：摔倒。
❹东山：这里指故乡。
❺遁：隐遁，隐退。

杜甫 《梦李白二首》
世人皆欲杀，吾意独怜才

这是杜甫得知李白被流放夜郎（今贵州正安西北）后，忧郁不安，日夜思念而作的两首诗。此时杜甫流寓秦州，地处僻远，音书绝迹，而李白流放荒蛮之地，死生难测，种种现实因素决定了这是一封无法寄出的信。

杜甫，字子美，自号少陵野老，生于巩县（今河南巩义）瑶家湾。杜甫幼年丧母，又孱弱多病，不得不寄住洛阳的姑母家，幸得姑母悉心照料，身体才慢慢康健，他在晚年追忆起年少时光："忆年十五心尚孩，健如黄犊走复来。庭前八月梨枣熟，一日上树能千回。"在姑母这里，杜甫不仅体格逐渐健壮，还因为聪颖勤学、好作诗文，逐渐受到世人关注，开始与洛阳的文人往来交游。杜甫的幼年、青年直至壮年，都生活在政治承平、经济发展、社会稳定的盛唐时期，在宏伟阔大的时代气象之下，他很早就有了"致君尧舜上，再使风俗淳"的远大抱负。

自二十岁起至二十九岁，杜甫先后在吴越（江南一带）和齐赵（山东及河北地区）两地进行过两次长时间的漫游，他既游览壮美山河，开阔眼界，又结识达官显贵，欲得荐引。期间，杜甫曾返回家乡巩县参加科举考试，不第似乎并未使其意志消沉，他旋即开始了第二次漫游，也就是游历齐赵之地。杜甫对自己的才学笃信不疑，安定繁荣的社会环境也增强了他的底气。在山东，杜甫一鼓作气登顶泰山，写下了那首雄奇瑰玮的《望岳》，一句"会当凌绝顶，一览众山小"尽显其高蹈的胸襟与雄厚的诗才。结束壮游之后，杜甫回到了家乡。洛阳附近有一座首阳山，首阳山下有一座陆浑山庄，在这里，杜甫与司农少卿杨怡的女儿成亲。妻子贤良淑德，与之恩爱不绝。婚后，杜甫仍不时前去洛阳拜访名士和文人，希望得到引荐从而走上政治道路。

744年，杜甫在洛阳遇到了诗人李白。这时候，杜甫已过而立，李白年逾不惑。此前李白奉诏奔赴长安，信心满怀，其诗句"仰天大笑出门去，我辈岂是蓬蒿人"可见其心志。初入皇宫，李白就深得唐玄宗赏识，玄宗将他奉为座上宾，授供奉翰林，经常让他随驾出游，他整日过得畅快得意。但时间久了，李白心里渐渐郁闷起来，原来皇帝并未将自己视为治国之才，只是把自己当作宴饮寻欢、吟诗作对的工具人罢了。再加上李白生性孤高倨傲，自恃才高，在朝廷中处处树敌，屡遭谗毁，这一系列变故都在销蚀他当初凌云的壮志。"君王虽爱蛾眉好，无奈宫中妒杀人。"眼见最初的情志落空，李白转而沉浸于声色犬马，醉饮狂欢，与他有嫌隙的人逮准时机在皇帝面前进献谗言，很快李白便被唐玄宗"赐金放还"。怀着愤懑失意的心情，李白离开了长安，计划东游梁宋（今河南开封、商丘一带）。期间他途经洛阳，与杜甫相遇订交，杜甫早闻其诗名，相当仰慕他的才华，这两位旷世奇才的相遇被历史赋予了深厚意义，闻一多赞誉为"青天里太阳和月亮走碰了头"。

难得遇见，如果不在一起饮酒论诗，实在是辜负了这次初遇，可天公偏偏不作美，恰巧此时杜甫收到了外祖母病逝的消息，他需要赶回去奔丧，于是两人匆匆分别。虽然因事作别，不过杜甫对重逢充满了期待，当即与李白预约了梁宋之游："亦有梁宋游，方期拾瑶草。"仕途受挫后，李白对道教流露出了更加狂热的艳羡，杜甫则表达了与李白相似的求仙之趣。

当年秋季，李白与杜甫再次相遇，践行二人的梁宋之约。与二人同游的还有大诗人高适。往后的日子里，他们登高抒怀，饮酒作诗，骑射围猎，"骏发跨名驹，雕弓控鸣弦。鹰豪鲁草白，狐兔多肥鲜"。才情万丈的诗人们一路上高歌猛进，悠游快活。不过在诗意的世界里漂游久了，总归是要落地的，不久后，三人分别。

其后，李白和杜甫于齐鲁大地再次同游，这也是两人最后一次遇见。李杜对求道访仙颇为热衷，所以这次他们一同拜访了隐士范十，在范十这里悠然度过半月，临别时杜甫留诗："醉眠秋共被，携手日同行。"交游期间李杜醉眠共被，携手同行，足见两人合拍亦深厚的友谊。两人抓住可遇不可求的同游契机，尽情玩乐了一番。

狂欢过后，各自心中未实现的政治理想在催促着他们赶快上路，杜甫决定去往长安寻求机会，李白将继续南下，游历河山。两人最终选择在曲阜的石门山分别。杜甫在对友人万般不舍和对前途凄惶不安的心境下，写下了一首《赠李白》，苦闷低回，情意隽永，其中"痛饮狂歌空度日，飞扬跋扈为谁雄"一句直接挑明了李白飞扬跋扈、狂荡不羁的孤傲个性，为他盖世的才学无用武之地而扼腕，为他历经半生仍漂泊无依而愤懑，同时也为自己的怀才不遇发出诘问。李白对于分别倒是飒爽又痛快，即便这段时间与杜甫的相处愉快而亲密,也不能阻挡他壮游的脚步,从他写诗与杜甫互勉就可以看出:"醉别复几日,登临遍池台。何时石门路,重有金樽开。秋波落泗水,海色明徂徕。飞蓬各自远,且尽手中杯。"

两人经此一别,彼此的人生轨迹再无相交可能了。758年,李白被流放夜郎。次年春,遇赦。此时杜甫身在北方,只听闻好友被处以流放之罪,尚不知他中途遇赦,故忧心不已,夜夜难眠。这两首《梦李白》便写于这种心境下,杜甫对李白的担忧和关切盈满于心,以至于从梦中溢出:

> 因死亡而分别令人崩溃失声,谁知生不得见亦使人悲痛。
>
> 南方地区常年流行瘴疠之疾,遭流放的人因何杳无音信?
>
> 你近来常常进入我的梦中,该是感受到了我的深切思念。
>
> 难道我梦中见到的你已非生时魂魄,山水万重,死生难测啊。
>
> 你的魂魄自南方青枫林飞来,飞至北方关塞黑地返回。
>
> 现在你深陷泥沼无法脱身,是如何凭借羽翅飞来这里的?

明月降下了满屋清辉，恍神之际我好像看到你的苍老容颜。

江涛汹涌海水深阔，你定要谨慎行事，不要掉入蛟龙口。

空中浮云日日飘移游荡，在外的游子仍久久未归。

最近我总在梦里遇见你，感受到你对我的情谊。

上次我俩匆匆别离，而今苦叹别时容易见时难。

行走江湖总会遭遇险恶，我担心你的船侧翻沉底。

离家时你搔着斑白鬓发，因壮志难酬而悲伤愤慨。

豪车华服溢满整个京师，你满腹才学却独自憔悴。

谁说公道真理自在人心，可怜你垂暮时含冤流徙。

虽然，今后你必将名扬千秋万世，然而却难以弥补此刻的潦倒凄凉。

再后来，杜甫经多方打探获悉李白遇赦的消息，心里松了一口气：活着便好，自己也不用再经历从梦中惊醒，醒来泪痕未干的痛苦了。杜甫是重情重义之人，他平等地爱着天下苍生，对好友李白同样用情至深。当年兖州一别，此后杜甫不论走到哪里，处于何种境遇，都时常想起李白，渴望与他饮酒论诗。但是别时容易见时难，两人分别已经十余年了，安史之乱将大唐盛世的威风砍杀殆尽，覆巢之下，复有完卵乎？李白和杜甫虽天各一方，山水阻隔，却有着相似的命运：一个孑然一身，获罪流放；一个携家带口，南逃蜀地。

如今的杜甫已然是白头老翁的模样，晚景凄凉，幸得亲友帮助才在成都浣花溪边落成一茅草屋。夜深人静时，杜甫常在茅屋附近拄杖低吟，这是他独立于俗世的限定时刻，不过享受片刻宁静时，思念也会在不经意间袭来：

> 不见李生久，佯狂真可哀。
> 世人皆欲杀，吾意独怜才。
> 敏捷诗千首，飘零酒一杯。
> 匡山读书处，头白好归来。
>
> ——《不见》

不知李白现在过得好不好，在我的心里，他还是当年诗酒飘零、落拓不羁的侠客模样。在这场政治厮杀中，有几人能苟全性命，世人欲杀之，吾独怜之啊，若你能平安返回故里，是再好不过的。也不知杜甫对李白的绵绵思念与殷切呼唤能否跨越这重重山峦。

762年春，玄宗肃宗父子接踵离世，新即位的代宗立即召旧臣严武还朝就职，这是杜甫的忘年之交，在杜甫穷困潦倒之际曾伸出援手。与严武辞别后，杜甫为躲避祸乱，携家眷转赴梓州（今四川三台），也就是此时他得知李白在当涂（今属安徽）养病，困窘无依。这是杜甫敬仰、推崇了一生的人，他的才情与抱负、狂放与孤傲杜甫全都知悉，因而能理解他生逢盛世，却不为盛世所容的苦闷与不甘。乍闻李白生病的消息，杜甫担忧悲痛，写下《寄李十二白二十韵》与他，不仅为李白暮年潦倒悲惨的际遇打抱不平，同时也为他传奇的一生作传。不久，李白病逝当涂。

"李杜文章在，光焰万丈长。"李白和杜甫是中国文学史上两座不朽的丰碑，屹立于高山之巅。李杜人生大多数时间生活在文治武功、繁荣昌盛的时期，年轻时的杜甫裘马轻狂，有济世之志，无奈仕途多舛，安史之乱彻底带偏了他的人生走向。所谓"诗穷而后工"，杜甫自己虽然过着"屋漏偏逢连夜雨"的贫苦生活，却始终忧虑动荡的时局和苦难的人民，也是在这段时期他留下了不少现实主义佳作，他的诗歌也因关注社会现实带有诗史的特征。而李白实为天纵之才，人间本没有这样的人，时人都称他为"谪仙人"，与他交好的杜甫赞他"笔落惊风雨，诗成泣鬼神"，他游荡人间的几十年不改狂傲本性，饮醉之间挥就了大量瑰奇无敌的佳作。人间留不住他，于是他纵身奔向月亮，从出生到死亡，李白的一生就是一首至死不渝的浪漫诗歌。

或许是命运使然，让他们有了几次短暂的相遇，也正是这几次伴游，让杜甫铭记了李白一生。

【书信原文一】

梦李白（其一）

死别已吞声，生别常恻恻❶。
江南瘴疠地，逐客无消息。
故人入我梦，明我常相忆。
恐非平生魂，路远不可测。
魂来枫林❷青，魂返关塞❸黑。
君今在罗网，何似有羽翼。
落月满屋梁，犹疑照颜色❹。
水深波浪阔，无使蛟龙得。

【注释】

❶ 恻恻：悲戚，感伤貌。

❷ 枫林：代指李白被流放的西南地区，此地多枫林。

❸ 关塞：代指杜甫所在的秦州，此地多关隘。

❹ 颜色：这里指李白的容貌。

【书信原文二】

梦李白（其二）

浮云终日行，游子❶久不至。
三夜频梦君，情亲见君意。
告归常局促，苦道来不易。
江湖多风波，舟楫恐失坠。
出门搔白首，若负平生志。
冠盖❷满京华，斯人独憔悴。
孰云网恢恢，将老身反累。
千秋万岁名，寂寞身后事。

【注释】

❶ 游子：这里指李白。

❷ 冠盖：代指达官显贵。

王维 《山中与裴秀才迪书》
与君初相识，犹如故人归

初春时节，一场细雨不期而至，加重了春寒，山里尤甚。好在这一时节万物都是新鲜的，草色轻薄，漫山遍野，经雨水打湿更显朗润。风吹过，丛丛花枝随之颤动，一颗心也被洗净了似的，欲借风力纵游山野。若不下雨，定要到山林间踏春游玩，眼下既然落雨了，就留在屋里煮酒取暖吧。

一幕"屋外雨声淅沥，屋内岁月静好"的场景，发生在一千二百多年前，王维的辋川别业里。与王维举杯对酌的，是一位稚气犹存的年轻人，名裴迪。这时候两人已经饮了小半晌了，也谈了很久的心。一杯酒下肚，王维放下酒杯，对年轻人劝慰道："世事浮云何足问，不如高卧且加餐。"你看这山间景色多美好，为什么要放下这些美好的事物，偏偏去追寻让你气馁伤神的功名呢？不如隐于山林，多加餐饭，过闲云野鹤般的生活啊。

王维，盛唐著名诗人，被后世誉为"诗佛"。年少时王维和胞弟王缙离开家乡蒲州（今山西永济），去往长安和洛阳游玩、求仕。由于善写诗文，工于书画，还精通音律，他很快就名动京城，受到达官显贵青睐。王维进士及第后被授予官职，没多久就因"为伶人舞黄狮子"触犯了皇家忌讳（此舞只能为皇帝表演），被贬往济州（今属山东）。734年，张九龄执政，他对王维极为赏识，于是重新起用他，擢右拾遗，但是王维在近距离接触上层社会的生活后，对统治阶级的腐败有了深刻认识，并产生了深深的厌倦。不过他没有像陶渊明那样挂冠离去，隐于田园，而是超脱自我，在山林之中、在与友人的交游往来之中过上了亦官亦隐的闲逸生活。王维来到终南山，"行到水穷处，坐看云起时"，把自己的心完整地交付给了这片天地，而这里的幽静竹林、山涧鸟鸣、闲落桂花也妥帖收藏了他的一片真心。

裴迪，唐代田园诗人，与王维相比，记载裴迪生平的文献资料就少了许多，后人对他的情况知之甚少，不过这并不影响他显名后世——与王维辋川唱和留名。诗人相交，以诗酬赠，情意浓醇。

王维与裴迪初次相交深谈，是在终南别业。743年，裴迪的哥哥裴回病逝，裴迪带着哥哥的遗愿——请王维撰写墓志铭，翻山越岭找到这里，恰逢王维回终南别业休假，二人得以相见。裴迪谈吐不凡，乃"天机清妙者"，自然给喜好参悟佛理的王维留下了深刻印象，两人性情相投，犹如老友一般畅聊到夜半，仍意犹未尽，这次相见与相识，是两人友谊的开端。为悼念亡友，王维撰写了裴回铭，并随裴迪一道去往新昌坊吊唁故人，后来还一起去拜访隐士吕逸人，只是寻隐者不遇，不得见。葬礼结束后，裴迪忙于读书备考，并于当年考取秀才，而王维购入了诗人宋之问的蓝田别墅，命名"辋川别业"。辋川别业位于终南山下一小山中，这个地方将承载日后王维与裴迪的无限欢乐，亦是两人心灵的桃花源。是年末，王维回到辋川别业，此时若契合的朋友不在身边，虽有美景相伴，优游自适，但在某些时刻还是会被孤独击中，苦思不得独怅然，于是落笔成书：

如今已是农历十二月下旬了，天气晴朗温润，故居蓝田山十分适合游赏。你在家温习经书，我不便烦扰，就自己进山了，在感配寺休息了一会儿，和寺中住持吃罢饭就离开了。

我朝北走去，横渡青黑色的灞水，朗月当

空,映照城郭。趁着夜色我登临华子冈,看见辋水縠纹迭起,水中月影也随涟漪波动。远处寒山中的点点灯火,穿过林子隐约可见。狗吠声从幽深巷道传来,如同豹嗥叫。夜半舂米声从村庄传来,又与三三两两的钟声相杂。这时,我一人独坐,随从已经睡下,想起从前你与我携手吟诗作赋,漫步于逼仄小道,临近澄澈溪流的场景。

等明年春来,青草树木一并萌发生长,春日里的秀美山光就更值得游赏了,敏捷的鲦鱼一跃而出,白鸥振翅飞翔,朝露打湿青青草地,麦垄上野鸡打早鸣,这些优美的景色马上临近了,到那时你能与我同游吗?如果你不是生来就性情高逸的话,我怎能以这样悠闲的事情来邀请你呢?当然是因为其中有深远的意趣啊!不要无视它。恰好有运载黄檗的人出山,请他给你送去我的信,其他的就不挨个儿说了。山中人王维自白。

王维的分享欲何其旺盛,信中一字一句都飘萦着对好友裴迪的想念。眼之所及、耳之所闻都是那么美妙动听,月色荡漾、水波粼粼、寒山静默、灯火明灭,夜半狗吠声和舂米声接连传来,还有稀疏的钟声,我遇见的这些美好风景,如果有你和我一起体验就好了。一封短短的书信,饱含了王维对朋友炽烈的情谊，生活中的分享欲不就是友情的最佳见证吗？好友不在身侧，就分享给你我的生活，分享给你我眼中的美景，恨不能将自己的所见所感事无巨细地说与朋友听。虽然裴迪正在温习经书，为来年的进士考试做准备，王维还是忍不住在信末问询道："斯之不远，倘能从我游乎？"待冬去春回，草木萌发，你能和我一起畅游山间，体验晨露朝鸣吗？

　　王维的殷切期待，不久便有了回应。翌年初，考完试的裴迪赶忙奔赴辋川别业与好友相见。当他走到辋口时，天空突然下起了潇潇细雨，水汽氤氲之下，一首《辋口遇雨忆终南山因献王维》出口成诵：

　　　　积雨晦空曲，平沙灭浮彩。
　　　　辋水去悠悠，南山复何在？

　　这次裴迪去往的地方已不是终南别业了，而是王维新购得的房产——辋川别业。路逢小雨，在水汽朦胧中，裴迪忆起了去年在终南山与王维彻夜交谈的场景，旧日已去，不知今朝再见是何种情形。对于王维来说，等待的时间实在太过漫长，如今朋友终于来到，心里自然又惊又喜，看到裴迪从袖中拿出一纸赠诗，读罢更是喜不自禁，遂写《答裴迪辋口遇雨忆终南山之作》回赠：

森森寒流广，苍苍秋雨晦。
君问终南山，心知白云外。

不要问我终南山是否还在，我盼望你到来的心隐于白云深处，始终都在。这次裴迪在辋川别业留了几日，两人抓住珍贵的见面机会，在辋川这一世外桃源尽情游览了一番。他们一同走过孟城坳、华子冈、文杏馆、鹿柴、木兰柴、宫槐陌、柳浪、竹里馆、辛夷坞等盛景名地，所到之处两人都唱和了大量五言绝句，这些诗被王维收录成册，结成《辋川集》，裴迪也因《辋川集》显名后世。值得一提的是，裴迪的传世作品很少，仅有的基本上都与王维有关。

和友人一道读书写诗、谈佛论道的日子，裴迪过得自在又舒心，但他毕竟不是王维，尚且年轻的他终是无法放弃科举与官场，一句"幸忝鹓（yuān）鸾早相识，何时提携致青云"言明心志，裴迪知道，是时候离开辋川别业了。两人分别于黄昏，王维把柴门半掩，殷切问道："来年春风吹绿大地时，你还会来吗？"在等待好友复归的日子里，王维也常常踱步于辋口，嘴里念叨着"不相见，不相见来久"。往后余生，本以为我们可以徜徉漫游于辋川各地，没承想你先行离去了，不过没有关系，我就在这里，在这美好而静谧的辋川别业，等你归来。

755年，安史之乱爆发，王维来不及逃跑只得诈病，结果被安禄山押解到洛阳菩提寺。因诗名在外，安禄山看重他的文才，授他伪职。唐肃宗收复长安后，开始清算"贰臣"遗账，那些有叛国之嫌的官员皆下狱受审，结局无非或杀或贬或流放，而王维却侥幸留得一命。原来，当初他被囚禁于洛阳期间，裴迪曾赶往菩提寺探望，说起安禄山在凝碧池宴请群臣，管弦高歌，而梨园弟子忧愁惊惧、长歌当哭的事情，听罢，王维心里百感交集，郁结不平，缓缓地吟了一首诗，而裴迪将此诗铭记在心。诗曰："万户伤心生野烟，百僚何日再朝天。秋槐叶落空宫里，凝碧池头奏管弦。"后来王维被朝廷清算时，裴迪广泛传扬这首诗，被唐肃宗看到。

不寻常的是，这首诗的题目长达三十九字，为《菩提寺禁，裴迪来相看，说逆贼等凝碧池上作音乐，供奉人等举声便一时泪下，私成口号，诵示裴迪》，诗题已经言明了王维对叛军的态度，对逆贼的声讨，暗含了自己被迫做"贰臣"的辛酸与无奈。唐肃宗读完这首诗，对王维有了免罪之意，再加上王维的弟弟王缙自降官职为兄赎罪，王维终获释。

其实，王维被囚禁于洛阳时不止作了那首使自己脱罪的诗。当时裴迪冒险探望，两位亲密的朋友互诉衷肠，彼此心知肚明：这次分别，恐怕就是死别了。在裴迪不得不离开时，王维恍然间又看到了两人居于辋川别业的那段日子，于是轻轻唤住好友，将"最后"一首诗《菩提寺禁口号又示裴迪》赠予他："安得舍尘网，拂衣辞世喧。悠然策藜杖，归向桃花源。"

亲爱的朋友，你知道吗？临死之际，我回顾我一生中最快乐的时光，还是那段和你畅游辋川吟诗唱和的日子……

【书信原文】

近腊月下，景气和畅，故山殊可过。足下方温经，猥不敢相烦，辄便往山中，憩感配寺，与山僧饭讫❶而去。

北涉玄灞，清月映郭。夜登华子冈，辋水沦涟，与月上下。寒山远火，明灭林外。深巷寒犬，吠声如豹。村墟夜舂，复与疏钟相间。此时独坐，僮仆静默，多思曩❷昔，携手赋诗，步仄径，临清流也。

当待春中，草木蔓发，春山可望，轻鯈❸出水，白鸥矫翼，露湿青皋，麦陇朝雊❹，斯之不远，倘能从我游乎？非子天机清妙者，岂能以此不急之务相邀？然是中有深趣矣！无忽。因驮黄檗❺人往，不一。山中人王维白。

【注释】

❶饭讫（qì）：吃完饭。

❷曩（nǎng）：以往，从前。

❸鲦（tiáo）：即白鲦，身体狭长，产于淡水。

❹雊（gòu）：野鸡的叫声。

❺黄檗（bò）：一种落叶乔木，果实和茎内皮可入药。

韩愈 | **《与孟东野书》**
吾愿身为云，东野变为龙

792年，长安城中，自五湖四海而来的考生们终于等来应试的日子，寒窗苦读数载，就在今朝一搏了。他们相继踏进考场，心里既期盼又忐忑，答题时，考生的作答姿态各异：有的奋笔疾书，尽情挥洒才情；有的抓耳挠腮，犹如热锅上的蚂蚁；还有的气定神闲，胸有成竹。在这些考生中，有一对贫贱之交——韩愈（字退之）和孟郊（字东野）。此前，他们科考落第，生活困顿，囊中羞涩，却依然出现在了这场考试中。今日的考试对韩孟二人来说至关重要，或许会决定以后的人生走向，影响日后的仕途。那么考试结果究竟如何？

放榜当天，榜单前人声鼎沸，欢喜与悲叹掺杂。

结果是韩愈一举登第,洗刷掉风尘满面的旧容,扬扬得意;而孟郊不幸落榜,心中悲伤难抑,只得仰面长叹"弃置复弃置,情如刀剑伤"。韩愈得意正当时,不过他并没有冷落自己的朋友,他欣赏孟郊的清高与才气,写诗宽慰他:"陋室有文史,高门有笙竽。何能辨荣悴,且欲分贤愚。"朋友啊,你才学高有雅趣,当前的困窘无法遮盖你的光芒,所以你不必为一时不第而失意彷徨。

君子对待朋友从不因境遇变迁而有所改变,乃是一如既往,矢志不渝。韩孟二人于贫贱时订交,虽然现在韩愈中举,日后授官晋升有了指望,而孟郊依旧困顿拮据,但韩愈不曾看淡与孟郊的友谊,曾作《孟生诗》为孟郊在衙门谋得一职。795年,孟郊第三次赴长安应试。次年,他终于获得科场中第的好消息。"春风得意马蹄疾,一日看尽长安花。"今天读来仍能感受到诗人溢于言表的开心快乐,他如少年一般,策马奔腾,畅快得意。不承想很快他就体验到了限定快乐的滋味,科场取第并不意味着就能踏入仕途,孟郊陷入了另一种落寞的境地——无法取得官位。同年七月,韩愈应董晋之聘,任宣武军观察推官,将随董晋赴任汴州(今河南开封)。孟郊闻此消息,替好友感到高兴,因为宣武军一直以来是雄藩重镇,朝廷重视有加,韩愈入此军幕,今后仕途必是高歌猛进,遂作《送韩愈从军》赠之：

> 志士感恩起，变衣非变性。
> 亲宾改旧观，僮仆生新敬。
> 坐作群书吟，行为孤剑咏。
> 始知出处心，不失平生正。
> 凄凄天地秋，凛凛军马令。
> 驿尘时一飞，物色极四静。
> 王师既不战，庙略在无竞。
> 王粲有所依，元瑜初应命。
> 一章喻檄明，百万心气定。
> 今朝旌鼓前，笑别丈夫盛。

祝福完朋友之后，孟郊并没有留家守选，而是动身前往韩愈所在的汴州寻求机会，韩愈欣然接纳了前来投奔自己的朋友。两人在汴州交游玩乐、切磋诗文，心心相印。客居汴州的孟郊快乐归快乐，但由于一直没等来合适的机会入幕，内心郁郁寡欢，思虑再三，决计南返，临别前赠《汴州留别韩愈》与好友："远客独憔悴，春英落婆娑。汴水饶曲流，野桑无直柯。但为君子心，叹息终靡他。"孟郊其实是带着遗憾与叹息离开汴州的，他满怀期待来到这里，却久居不遇，对幕府中危机四伏、矛盾丛生的状况也有了深刻认识，这里不是自己要待的地方。临走前，唯一的担心便是留任此地的韩愈，但各人有各人的选择，孟郊只得留下玉壶冰心般的祝福离开了。

　　孟郊离开后不久，也就是799年，汴州发生暴乱，一时间"健儿争夸杀留后，连屋累栋烧成灰"，满城萧条，饿莩遍地。幸从混乱之中脱身的韩愈，此刻仍惊魂未定，心有戚戚，虽暂时有一安身立命处，但毕竟是寄人篱下，行为举止皆要谨慎。最关键的是平日里无人与自己吟诗作对，失落与空虚盈满于心，欲说还休，欲说还休，思来想去能与之一诉的也只有孟郊了：

　　　　我俩分别良久，据我对你的深切思念，可以想见你惦念我的样子。你我都被尘杂俗务所牵累，不能经常相见。在这里的一些人，你都没有见过。每天与他们往来相处，你可知我的内心是否快乐呢？我说的话谁来倾听？我吟的诗谁来唱和？说话无人聆听，吟诗无人唱和，独行无人相伴，是非对错也没有持相同观点的人，你可知我内心是否快乐呢？

　　　　你性情高逸，以圣贤之道立于世间，没有可以耕种的田地，要为衣食奔走，侍奉亲人尽孝守礼。你是那样勤奋，那样劳苦。你混迹于俗世浊流,唯独你的内心始终奉行圣贤之道。你的内心追求和现实遭遇,真令我伤感啊。

去年春天,我从汴州祸乱脱身,幸免于难,无处可归时来到徐州。此地主人是我的旧友,很同情我的遭遇,就让我居住在符离睢岸边。到了秋天,我准备告辞回乡,却被委以职务,在这里默默无为将近一年了。我想今年秋天再次辞归。往后游乐于江湖,是我喜欢的,和你一同终老,简直太幸运了!

李习之将要迎娶我故去兄弟的女儿,婚期定于后月,最近几日该来这里了。张籍在和州守丧,日子过得很是清贫。这些你可能不知道,所以我都说明一下,希望你能来看一看。从你那里到这里虽然路途遥远,好在舟和车都可通行,你能尽快来这里,是我的期望。春日将尽,天气日渐升温,顺祝尊亲吉祥安康。我近来眼疾加重,日子过得也很无聊,就不一一详述了。韩愈再拜。

这时候的韩愈三十二岁,正寄人篱下,心情郁闷,而孟郊五十岁,仍怀才不遇,四下飘零。韩愈将自己当下的困苦和对老友的挂念全都诉诸笔端,还不忘称颂其清高孤傲、劳苦持家的性情和品质,虽然两人异地远隔,但心有灵犀,韩愈知道,自己的牢骚与郁闷对方肯定全都能懂。

经历了几年的等待,朝廷终于想起半百的孟郊,授他溧(lì)阳县尉。因付出和回报不成正比而郁积的愤懑无时无刻不在刺痛着孟郊,加之性情孤高,他根本看不上这等"施舍",甚至写诗讥刺"恶诗皆得官,好诗空抱山",后来经韩愈劝解才前去就职。孟郊来到溧阳,却仿佛回到了精神故乡,这里的山水江波、夕阳落花,无不令他着迷,孟郊干脆荒废了政务,日日读书吟诗,游山玩水,流连忘返。当地县令见孟郊根本不理公务,只得另聘人完成他的工作,并将事情上报,把他的官俸减半。孟郊对俸禄减少可是满腹牢骚,甚至赌气辞官归家。为安抚劝诫心有怨气的朋友,韩愈写了一篇《送孟东野序》寄予他,称赞其"善鸣",为他发出了"物不平则鸣"的呐喊,痛斥了当时社会不善用人才的现象。

其实韩愈的境况比孟郊还要凄惨。803年,关中地区大旱,农作物颗粒无收,于是朝廷下诏减免一半赋税。然京兆尹李实毫不在意百姓疾苦,反而加紧征收税钱,韩愈为民请命,上疏言李实失职,并详论旱灾之下百姓生活难以为继的现实情况,提议停征当年税钱。因此李实对其怀恨在心,入朝奏对时在皇帝面前诋毁他,唐德宗听信了谗言,将韩愈贬至连州(今属广东）。韩愈含冤遭贬，远去连州，孟郊日日忧心朋友，为其愤愤不平："孤怀吐明月，众毁铄黄金。愿君保玄曜，壮志无自沉。"

那时的连州还是荒蛮之地，时有疾疫，并且路途遥远，书信难达。孟郊担心韩愈，却不能立即获知他的消息，不知他身体是否安康，食宿方面可还适应。当想念累积到一定程度时，孟郊便只能借梦相寻：我太想念你了，最近总是梦到你，梦里追随你到遥远崎岖之地，我才知道你的处境是如此艰难。一想到你心系百姓，为民请命，却被放逐瘴疠之地，我就会感到锥心的痛，即使在梦里，这种痛感也不会消失，真是可悲可恨啊。不过，比起刘禹锡的"二十三年弃置身"，韩愈算是幸运的。没过多久，他就被召回京师，后来与孟郊重逢于洛阳，两个老友之间全然没有许久未见的疏离感，因为韩孟神交已久矣。

对韩孟来说，汴州之游或许是彼此最难以忘怀的交游，汴州之后，二人历经坎坷。当年一别，孟郊留诗祝福朋友，韩愈也曾写诗赠予孟郊，诗中以李白、杜甫交谊深厚却不能长久相伴来比喻自己和孟郊时有分离的情形，感伤别离的悲戚之情呼之欲出："昔年因读李白杜甫诗，长恨二人不相从。吾与东野生并世，如何复蹑二子踪。东野不得官，白首夸龙钟。韩子稍奸黠，自惭青蒿倚长松。低头拜东野，原得终始如驱（jù）蛩。东野不回头，有如寸莛撞巨钟。吾愿身为云，东野变为龙。四方上下逐东野，虽有离别无由逢。"

孟郊诗才卓越，以艰涩苦寒、清奇僻苦为世人所知，却不为当世所推崇，但韩愈十分推崇孟郊的诗文，两人旗鼓相当、思想互通，彼时文坛有"孟诗韩笔"的美誉。清代赵翼评论韩愈此诗："以李、杜自相期许。其心折东野，可谓至矣。盖昌黎本好为奇崛矞（yù）皇，而东野盘空硬语，趣尚略同，才力又相等，一旦相遇，遂不觉胶之投漆，相得无间，宜其倾倒之至也。"李杜相继离世后，盛唐诗风难继，韩孟遂成中唐文坛的中流砥柱，而两人二十余年里的诗歌酬赠，更升华了彼此的文学创作。

在孟郊顽强地对抗世俗侵扰时，韩愈永远都会给予其最温暖有力的托举。孟郊为人，如他的诗一般苦寒枯瘦、奇涩愁绝，诗歌是他心灵世界的外化，亦是其与外界沟通交互的重要途径，只可惜当时能够欣赏其才华的人实在有限，幸而他遇到了韩愈。他这一生对于出仕为官孜孜以求，为寻求机会，不惜四下飘零，困顿时常常求助于朋友，幸有韩愈对他不离不弃。

孟郊亦懂得韩愈内心的无奈与愁苦，是韩愈乱中脱险、惊魂未定时想要倾诉的对象。孟郊曾写诗向韩愈表达心志，诗曰："何以定交契，赠君高山石。何以保坚贞，赠君青松色。"虽然我时常陷于困窘的境地，不能为你提供经济上的支持，但是我的一颗赤子之心，坚固如磐石，常青如松柏，将永远为你托底。

【书信原文】

与足下别久矣，以吾心之思足下，知足下悬悬❶于吾也。各以事牵，不可合并。其于人人，非足下之为见，而日与之处，足下知吾心乐否也！吾言之而听者谁欤？吾唱之而和者谁欤？言无听也，唱无和也，独行而无徒❷也，是非无所与同也，足下知吾心乐否也？

足下才高气清，行古道，处今世，无田而衣食，事亲左右无违❸，足下之用心勤矣！足下之处身劳且苦矣！混混与世相浊，独其心追古人而从之。足下之道，其使吾悲也！

去年春，脱汴州之乱，幸不死，无所于归，遂来于此。主人与吾有故，哀其穷，居吾于符离❹睢❺上。及秋将辞去，因被留以职事，默默在此，行一年矣。到今年秋，聊复辞去。江湖，余乐也，与足下终，幸矣！

李习之娶吾亡兄之女，期在后月，朝夕当来此。张籍在和州居丧，家甚贫。恐足下不知，故具此白，冀足下一来相视也。自彼至此虽远，要皆舟行可至，速图之，吾之望也。春且尽，时气向热，惟侍奉吉庆。愈眼疾比❻剧，甚无聊，不复一一。愈再拜。

【注释】

❶悬悬：挂念。

❷无徒：没有志趣相投的人。

❸无违：不失奉养之礼。

❹符离：地名，今安徽宿州符离集。

❺睢（suī）：古河流名，即睢水。

❻比：近来。

白居易 《与元微之书》
同心一人去，坐觉长安空

这是白居易写给好友元稹的一封信。

白居易，字乐天，号香山居士，又号醉吟先生，下邽（今陕西渭南北）人，唐代伟大的现实主义诗人。元稹，字微之，洛阳（今河南洛阳）人，唐代著名诗人，因排行第九，亦称元九。二人志同道合，情深意笃，是彼此平生挚友，唱和酬赠二十余年，还一起倡导了新乐府运动，世称"元白"。

803年，三十二岁的白居易和二十五岁的元稹一同被分配至秘书省做校书郎，自此二人的命运紧紧相连，不论人生际遇如何，他们互为支撑，聊慰平生。有一次元稹因言获罪，被贬出京城，白居易以"同心一人去，坐觉长安空"表达深切思念：你离开后就剩我一人了，任这长安城如何繁花似锦、人潮不息，我的心里也空荡荡的。809年，元稹任监察御史，奉命到梓潼（今属四川）审理案件，白居易则留长安任左拾遗。

一日，白居易与好友畅游慈恩寺，风光大好，心旷神怡，可惜元稹不能与之伴游，共赏佳景，于是便作《同李十一醉忆元九》表思念至交之情。哪料后来元稹在寄给白居易的信函中附诗道，"梦君同绕曲江头，也向慈恩院院游"，两人南北遥望，互相惦念，灵魂契合到元九的梦境都与白乐天的现实对应，真乃"千里神交，若合符契"。

815年，长安城内，阔别已久的元白喜重逢，两人抓住难得的机遇欢饮达旦，吟诗作乐，终日形影不离。然而快活的日子没持续多长时间，三月，元稹便因直言进谏再次遭贬，出任通州（今属四川达州）司马。另一边，白居易的境遇也没好到哪儿去，当时宰相武元衡突然遇害，白居易直言上书请求皇帝彻查此事，却遭到朋党攻讦，皇帝听信谗言将他逐出京城，贬为江州（今江西九江）司马。就这样，在夏末秋初时节，白居易凄惶苦闷地离开长安城，走的恰好是前不久元稹走过的路。白居易一路上舟车劳顿，疲惫不堪，只是身体之累可以调养恢复，内心之悲却无从疗愈，只得一遍遍翻阅吟咏好友的诗卷，以此慰藉沉寂受伤的心灵。他读诗常常不舍昼夜,看到眼睛干痛,蜡烛燃尽。浮舟赶路时白居易写下这样一首诗:"把君诗卷灯前读,诗尽灯残天未明。眼痛灭灯犹暗坐,逆风吹浪打船声。"

古时通州地区自然环境恶劣,开发程度较低,元稹初至此地,便收获了"雨滑危梁性命愁,差池一步一生休"的雨后体验。心情郁闷的他,不停地写信给好友白居易,诉说这里的恶劣环境和自己的郁闷心情:"大有虎、豹、蛇、虺之患,小有蟆蚋、浮尘、蜘蛛、蛒蜂之类,皆能钻啮肌肤,使人疮痏。夏多阴霾,秋为瘴疾,地无医巫,药石万里,病者有百死一生之虑。"元稹的心里一片阴霾,身体也感染了疾病,久病不愈,如他所言,倒真有"百死一生之虑"。当白居易含冤遭贬的消息传来,元稹心里又惊又气,比自己被贬还要难过,顾不得虚弱不堪的身体,他起身伏案写信,并赋《闻乐天授江州司马》诗一首:"残灯无焰影幢幢,此夕闻君谪九江。垂死病中惊坐起,暗风吹雨入寒窗。"

此信寄出后,病重的元稹根本没有时间等待好友复信,而是转赴兴元(今陕西汉中),求医治病,两人自此断联。当初元稹被贬出京,"一身骑马向通州",前脚刚走,白居易随即以信追随好友,一首首赠诗堆叠出对元稹的深厚情谊,只是那些信,元稹绝

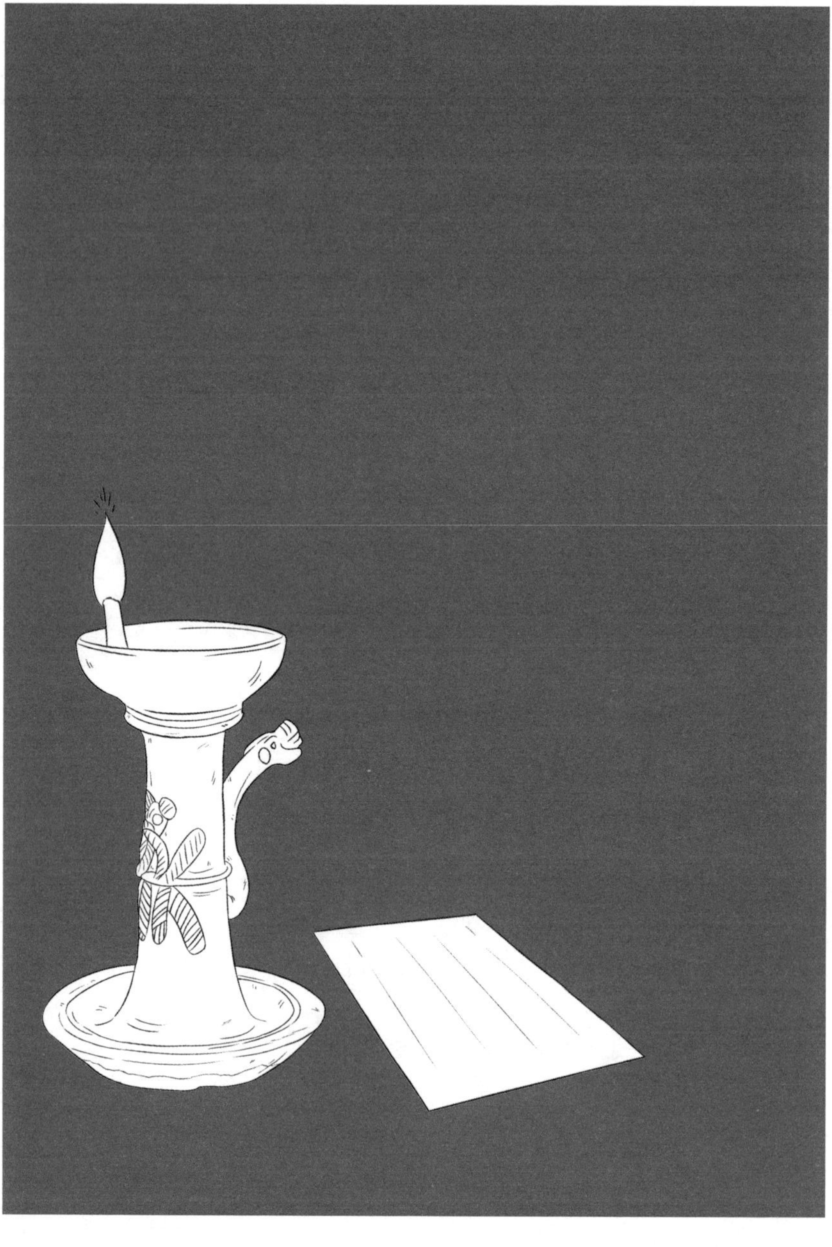

大部分都没有收到。病入膏肓的元稹在与死神赛跑，那些信邮寄的速度实在太慢了，寄来时元稹已经外出看病了。碍于种种原因无法回信的元稹，并没有忘却白居易，有诗云："庾楼今夜月，君岂在楼头？万一楼头望，还应望我愁。"元稹也很想念白居易，只是老病缠身，山水万重，"不暇及他"。

817年，这已经是白居易被贬为江州司马的第三个年头了。这里地处僻远，气候潮湿，黄芦苦竹绕宅生。外界环境的恶劣尚且能够克服，甚至可以化劣势为优势，只是内心积聚的忧愤难以排解，经世济民之志尚未实现，而统治阶级内部朋党之争愈演愈烈，白居易对此有心无力。于是再次寄信元稹，向其倾诉自己深厚的思念之情，顺带告知了三件顺心的事，使之不必忧心盼望。全文诚挚动人，读来不觉泪下——

四月十日夜晚，乐天奉告：

微之啊微之！我已三年没见过你，也将近两年没收到你的手书了，人的一生有多长，我俩居然分别这么久？何况将如胶似漆的两颗心，分别安放在身处异地的两人身上，向前进不能团聚，往后退无法忘却，心里万般牵挂，相见不能，彼此的鬓发都要花白了。微之啊微之，这该怎么办啊！天命难违，我能怎么办呢！

我刚到浔阳时，熊孺登前来探望我，捎来前年你病重时写的一封信，上面先描述了你的病情，接着叙说了你病中的心境，最后谈及我俩多年的交情。信上还写道："病入膏肓时无暇顾及其他琐事，只收集保存了文章几卷，将其装封并题字：'日后送给白二十二郎，就用这些来代替我的信。'"悲痛啊，微之对待我，是如此情深义重！又看到你寄来的听闻我被贬官而作的诗："残灯将要燃尽，火焰将要熄灭，影影绰绰，今夜听闻你被贬到九江。我在病中垂死挣扎，惊起而坐，夜风伴着冷雨吹入寒窗。"如此痛彻心扉的诗句外人尚且不忍听到，何况我呢！现在每每吟诵此诗，仍然心痛不已啊。

先不讨论这件事了，简单说一下我最近的境况。从我初到九江，已三年时间过去了。我的身体骨骼尚且健康硬朗，心态还算平和。家里的亲人，也都平安无事。去年夏天我大哥和家里年幼的六七个弟妹彼此扶持一同前来徐州看我了。前不久还忧心惦念的亲人，如今都在眼前了，我们可以寒暖与共、饥饱同行，这称得上第一件顺心的事。江州的气温日渐凉爽，这里很少暴发传染病。说起毒蛇、蚊虫这些物种，虽然有，但比较少。湓江的鱼鲜美肥嫩，江州的酒醇香可口。至于其他食物，多数和北方地区相似。我家里虽然兄弟姐妹不少，司马的俸禄也不算多，但只要计量好吃穿用度，精打细算，也能做到自给自足。衣服吃食这些，暂且不必向他人求助，这称得上第二件顺心的事。去年秋天我开始游赏庐山，游至东林寺和西林寺之间的香炉峰下，流云、溪水、清泉、怪石一齐映入眼帘，这些景物实在是天下一绝，我万般喜爱舍不得离开，于是在这里修建了一座草堂。堂前种有高大的松树十几株，修长的竹子一千多竿。碧青藤萝爬满篱笆墙，洁白石块铺满桥道。流水环绕茅舍流淌，清泉飞洒于屋檐之间，红石榴和白莲花长满了石阶下的池塘。大概就是这些景物，不能一一叙述。每次我一人前往，经常一住就是十天。我这辈子喜好的事物，都在这里了。不只是忘了归家，甚至想在这里度完余生。这称得上第三件顺心的事。想到你很长时间没收到我的信了，心里定愈发忧心期盼，所以今天写下这三件顺心的事先让你知道，其他的事，我之后一件件再写吧。

　　微之啊微之！我在晚上给你写信，就坐在草堂的窗子下，窗外便是山，我随手拿起笔，想到什么写什么。信封写好时，不觉天就快亮。抬起头只看见山路上有一两个和尚，有的坐有的睡。

还听到山间传来猿猴的哀鸣声和布谷鸟的啁啾声。我此生的挚友，距离我万里之遥，陡然间我对你的思念之情油然而生。平日里作诗的习惯指引着我，于是就有了这首三韵诗："想起之前我写信给你的那个晚上，是进士及第之后第一个拂晓前。今天晚上我是在哪里给你写信呢？是在庐山草堂破晓的灯前。笼中鸟、槛里猿都没死，我俩在人间重逢将是哪一年！"微之啊微之！你知晓我的心情吗？乐天叩头。

元稹在兴元得到救治，大病初愈，于是返回通州。元白已经失去联系两年有余了，这次返回通州，他才终于收到白居易的来信，也就是这封《与元微之书》。他喜极而泣，"远信入门先有泪，妻惊女哭问何如。寻常不省曾如此，应是江州司马书！"元白由此恢复书信往来，当白居易得知此前寄出的二十余篇诗歌元稹并没有收到时，他又重新写了一次，托人寄去。

两年断联无法阻断元白间笃诚的情谊，死亡亦不能。元稹离世九年后，白居易作了一首《梦微之》给元稹，但悼亡诗怎么会有回信呢，一句"君埋泉下泥销骨，我寄人间雪满头"刻骨铭心，旁人读来纷纷为之动容，惊叹世间竟有这般真挚的情谊，可见写下此句的乐天，他内心的悲伤与思念何其深重！

都说时间最是无情，会磨平一切，可元白之情九年时间也没能冲淡，反而愈发浓厚。挚友远去，白居易的孤独无限膨胀，绵绵思念超越时空所形成的真挚感情依然坚如磐石。关于友情我们都有各自的体验，只是情感永远需要真诚，唯真诚动人心怀。关于白居易，人们对他褒贬不一。他的诗以老妪能解垂范后世，却也因诗歌与行为不一饱受诟病。朱熹说他爱官职，胡仔说他"荣辱得失之际，铢铢校量"。不管时人或世人如何评价他，对于白乐天来说，得元九一挚友，此生足矣。

【书信原文】

四月十日夜，乐天白。

微之！微之！不见足下面，已三年矣；不得足下书，欲二年矣。人生几何？离阔如此！况以胶漆之心，置于胡越之身；进不得相合，退不能相忘，牵挛乖隔❶，各欲白首。微之微之！如何如何？天实为之，谓之奈何！

仆初到浔阳时，有熊孺登来，得足下前年病甚时一札。上报疾状，次叙病心，终论平生交分。且云："危惙❷之际，不暇及他；唯收数帙文章，封题其上，曰：'他日送达白二十二郎，便请以代书。'"悲哉！微之于我也，其若是乎？又睹所寄闻仆左降诗云："残灯无焰影幢幢，此夕闻君谪九江。垂死病中惊坐起，暗风吹雨入寒窗。"此句他人尚不可闻，况仆心哉？至今每吟，犹恻恻耳。

且置是事，略叙近怀。仆自到九江，已涉三载。形骸且健，方寸甚安；下至家人，幸皆无恙。长兄去夏自徐州至，又有诸院孤小弟妹六七人，提挈同来，顷所牵念者，今悉置在目前，得同寒暖饥饱，此一泰也。江州风候稍凉，地少瘴疠❸；乃至蛇虺❹蚊蚋，虽有甚稀。溢鱼颇肥，江酒极美，其余食物，多类北地。仆门内之口虽不少，司马之俸虽不多，量入俭用，亦可自给；身衣口食，且免求人，此二泰也。仆去年秋，始游庐山，到东西二林间香炉峰下，见云水泉石，胜绝第一，爱不能舍，因置草堂。前有乔松十余株，修竹千余竿，青萝为墙垣，白石为桥道，流水周于舍下，飞泉落于檐间；红榴白莲，罗生池砌，大抵若是，不能殚记。每一独往，动弥旬日。平生所好者，尽在其中。不唯忘归，可以终老。此三泰也。计足下久不得仆书，必加忧望。今故录三泰，以先奉报；其余事况，条写如后云云。

微之微之！作此书夜，正在草堂中山窗下。信手把笔，随意乱书，封题之时，不觉欲曙。举头但见山僧一两人，或坐或睡；又闻山猿谷鸟，哀鸣啾啾。平生故人，去我万里；瞥然尘念，此际暂生。余习所牵，便成三韵，云："忆昔封书与君夜，金銮殿后欲明天。今夜封书在何处？庐山庵里晓灯前。笼鸟槛猿俱未死，人间相见是何年？"微之！微之！此夕我心，君知之乎？乐天顿首。

【注释】

❶ 牵挛乖隔：指各有拘牵，相见不能。

❷ 危惙（chuò）：指病危。惙，疲累。

❸ 瘴疠：这里指南方湿热地区流行的恶性疟疾等传染病。

❹ 虺（huǐ）：毒蛇。

柳宗元 《筝郭师墓志》
二十年来万事同，今朝歧路忽西东

历史上有过这样两个人，他们的政治理想、人生遭际、文学成就和思想观点等诸多方面皆有相似之处，甚至年龄也只差一岁，"二十年来万事同"是他们对平生交游往来的概括，这两人便是刘禹锡（字梦得）与柳宗元（字子厚），由于交谊颇深，人称"刘柳"。

793年，刘柳同登进士科，年少及第，他们的仕途开局相当顺利。刘禹锡怀有"目览千载事，心交上古人"的高远理想，他歌咏昔贤尚气任侠、忧国不谋身的德行与气概，对其致以崇高敬意，并视之为自己从政道路上的楷模。柳宗元同样磊落刚正，有诗言："少时陈力希公侯，许国不复为身谋。"虽然周遭相臣将臣，文恬武嬉，尸位素餐，朝廷中宦官横行，但他依旧怀有清明的政治理想，即便后来被贬永州，亦不更其内，不变其操。就算慢一点，也要一步一个脚印地成材成器，实现自己的抱负，"却学寿张樊敬侯，种漆南园待成器"是柳宗元不为世屈的宣言。志同道合、同心合意的两人走到一起并成为朋友，本就是顺理成章的事情。

805年，刘禹锡和柳宗元一同参加了王叔文集团领导的"永贞革新"，力图"内抑宦官，外制藩镇"，但是宦官凌驾于朝堂之上，甚至能够左右帝位承袭，而革新派还未掌握军权，战斗力薄弱，在守旧势力的攻击下，革新以失败告终。王叔文被赐死，另一核心人物王伾（pī）遭贬官远谪后病逝，其他主要人物被贬至边远八州，其中就包括刘柳二人。刘禹锡被贬连州（今属广东），还未走到任所，朝廷又加贬其为朗州（今湖南常德）司马。柳宗元亦遭加贬，最后去往永州（今湖南永州市零陵区）。为了实现政治理想，刘柳二人拥有重整旧山河的勇气，如今却双双跌入人生低谷，不过这点挫折根本扑不灭两人的热情，在困窘的境遇下，他们依旧唱和酬赠不断，彼此鼓励，互相打气。

"桃李春风一杯酒，江湖夜雨十年灯。"过去壮志满怀，杯酒豪情，心有青云之志，不承想却被弃置贬所将近十年。终于，815年的春天，喜讯传来，他们从各自的贬谪地出发，奉诏回京，彼时两人已年逾不惑了。

造化最是弄人，不知是有意还是无心，刚至京城，刘禹锡就写了一首使自己再度遭贬的诗，诗曰："紫陌红尘拂面来，无人不道看花回。玄都观里桃千树，尽是刘郎去后栽。"因此诗"语涉讥刺，执政不悦"，刘禹锡毫无悬念地又被贬了——出任播州（今贵州遵义）刺史。而柳宗元也不为当权者看重，复贬柳州（今广西柳州）。同贬偏远之地，播州比柳州还要荒蛮、艰苦，柳宗元念及友人需要随身奉养年事已高的母亲，便屡次上书，要求与刘禹锡互换贬所，后在宰相裴度的帮助下，刘禹锡改贬连州。

在京城还没歇稳脚跟又再度遭贬，加上前面被贬黜的十年，柳宗元的心里有万千苦楚欲倾泻而出，可恨的是自己不能改变糟糕的现状，气愤难当，于是提笔写下《重别梦得》，说与境遇相同的梦得兄听：

二十年来万事同，今朝歧路忽西东。
皇恩若许归田去，晚岁当为邻舍翁。

过去二十余年，我们的命运共浮沉同跌宕，本以为终于能够回朝共事，实现政治理想了，可笑啊！

眼下我们又站在了分岔路口为彼此送别，人生究竟有几个十年呢？真想一气之下归隐田园，从此我们就做一对快乐的老邻居，不问世事。刘禹锡是能够与柳宗元感同身受的人，他懂得诗中未竟的抱负、深厚的情谊与难抑的悲愤，但是亦无计可施。刘柳同出长安南下，至湘水离别，活到如今这个年纪，两人都知道经此一别，再相见就全凭缘分了。柳宗元乘舟远去，刘禹锡则奔向连州，从此世事两茫茫，心生伤感的刘禹锡作《再授连州至衡阳酬柳柳州赠别》回应柳诗：

> 去国十年同赴召，渡湘千里又分歧。
> 重临事异黄丞相，三黜名惭柳士师。
> 归目并随回雁尽，愁肠正遇断猿时。
> 桂江东过连山下，相望长吟有所思。

桂江连着柳州与连州，当桂江水自柳州东流至我这里时，我们就伸颈遥望，口中还要吟诵着《有所思》，待我们的目光跋山涉水相遇时，我便看见了你，你也看见了我。

817年，柳宗元仍在柳州刺史任上，这期间他写了一篇很特别的墓志铭，主人公是一位弹筝的乐师，姓郭，名无名，无字。他天资独得，筝音婉转动人，只是身世悲苦，境遇凄惨，在世间艰难生存，却被卑鄙官吏强行招入官府，其间他设法"变服遁逃"，待柳宗元见到他时，他已身患骨髓病。即便病入膏肓，每日仍勤于弹筝，直至殒命。柳宗元将此墓志铭寄给刘禹锡，这铭文既是为乐师悲惨但不屈服的一生作传，又是自己及友人坎坷仕途的写照，那些不能言明的情愫、那些失意与怅惘都饱含其中：

> 郭姓乐师名叫无名，无字。父亲郭爽，乃镇守云中的一员虎将。郭师擅长音乐，会弹奏十三弦古筝。他在音乐方面天赋异禀，能弹七种音律三十五个曲调，错杂急促，细腻婉转，他的手在琴弦上灵活自如，能弹奏出伐木铮铮声和丝竹悦耳声，均如竹木所自出，曲音抑扬顿挫，模仿的人都没法弄清楚。郭师从断奶起，就远离荤腥之味，因为他亲近佛家道义。在失去父母双亲后，他便离弃兄弟，自己跑到代州清凉山出家为僧，后来南下来到楚中，不想又遇到以前弹拨过的筝，怎能不抚琴弹奏一番呢？
>
> 吴王李宙在复州担任刺史，有人告诉他郭师善乐，遂征郭师入幕，强迫他弹奏。李宙号称懂得音律，听其筝音美妙动听，高兴得手舞足蹈，将听此筝音当作一大奇妙之事。恰逢李宙被贬贺州，郭师只得随之前来。郭师嗜酒，不能克

制,又让头发长出来,追求黄老之术。道州刺史薛伯高给李宙写信,一定要请郭师来,郭师来后便和薛伯高坐在一起。薛伯高,襃邪人,痴迷于郭师的高超琴技,每每听到精彩处,总是击节和之。他们下令命看门人严加看管郭师出入,郭师平日只服食侧柏,不食谷物。三年后,郭师换装逃遁,躲在九嶷丛祠中。即便受到优待,承蒙恩遇,也不屑一顾。最后郭师乘一小船行驶于湍流中,流经岣嵝山,入山请求道箓,恰逢欧阳师去世,事情未果。张诚在岭南任职,又强招郭师。张诚死后,郭师才来到柳州,在这里遇见了我。这时他已经患上骨髓病了,病入膏肓,但是每天仍坚持弹筝。在柳州住了数日后,病情加重。自觉不久便要撒手人寰了,于是郭师为自己撰词歌之。去世三日后,安葬于柳州北冈西边。他的悼词是:

生于云州,死于柳州,享年五十岁,死于骨髓病。天籁之音,烟消云散。丁酉年季秋,月相由盈转缺。郭师心向佛教身为道士,希望死后能被妥善埋葬不被丢弃。

刘禹锡读罢此信,对这位郭姓乐师佩服至极,他懂得朋友的言中之意,当然也明了其中的弦外之音,遂写信回复：

> 近来拆开你的寄信，看到了那篇《筝郭师墓志》。信中你热情称赞了郭师高超的琴技，说他天赋异禀，能够弹奏出伐木铮铮声和丝竹管弦声，均如其自出，琴音抑扬顿挫，深邃婉转，模仿他的人没有一个能学到精髓，都不能达到诗人繁钦盛赞善歌者的地步，不能尽得其妙。琴音能使农夫惊异而向南张望，想知道乐音出处，听到这样美妙的音乐，就如同见到了郭师本人。寻思您的文章，明白了事理，心驰神往而有所得；内心深重抑郁，久久不能平息。
>
> 唉，郭师与他不可传的琴技一并消逝了！郭师的一弦一柱，都变得空虚缥缈。琴音绝妙处，也变得含糊不清。唉！人逝去而筝犹在，多亏了为郭师撰写墓志的你。你的忧愤不平，难道仅仅是为郭师发出的吗？你的弦外之音我想我能够明白，就不宣之于口了。刘禹锡奉上。

柳宗元对于失意的郭姓乐师极尽同情与敬佩，这份情，谁说不能投射到无罪被杀的王叔文身上呢？二人皆心照不宣。此外，刘柳虽陷于困窘之地，但文学不死，在二人其他的书信往来中，刘禹锡热情地答复了好友的问询,还阐述了自己对于"气"和"文"的看法。

819年,天下大赦,得裴度力荐,柳宗元奉诏回京。是年冬,诏书未至,柳宗元却不幸病逝于柳州。刘禹锡闻此噩耗,悲痛难忍,赋《重至衡阳伤柳仪曹》,并投诗于水:

> 忆昨与故人,湘江岸头别。我马映林嘶,君帆转山灭。
> 马嘶循故道,帆灭如流电。千里江蓠春,故人今不见。

上一次分别的情形仍历历在目,你乘舟向柳州,我策马往连州,不知道什么时候再相见,但我们都期盼着再相见,如今心里最担忧的事情还是发生了……都说人间别久不成悲,我的心,可是破碎不堪啊。对于刘禹锡来说,柳宗元既是自己政治上坚强的战友,也是文坛上唱和酬赠的密友,更是生活中思想互通的挚友。柳宗元弥留之际,曾写信给刘禹锡,将自己未完成的书稿交与他,刘禹锡自是精心编纂,不敢遗漏一字一句,最终结成《柳宗元集》。

斯人长埋地下,刘禹锡悲不自已:这位自年少起便与我并肩作战的朋友,从今以后就要永远地消失在我的生命中了，往事一帧帧在脑海中浮现，我惊奇地发现，我们两人在那些风雨如晦、起伏跌宕的岁月里早就融为一体了，不是吗？

【书信原文一】

郭师名无名，无字。父爽，云中大将。无名生善音，能鼓十三弦。其为事天姿独得，推七律三十五调，切密遒靡，布爪指，运掌擘❶，使木声丝声，均其所自出，屈折愉怿，学者无能知。自去乳，不近荤肉，以是慕浮图道。既失父母，即弃去兄弟，自髡缁❷，入代清凉山。又南来楚中，然遇其故器，不能无抚弄。

吴王宙刺复州，或以告，乃延入，强之。宙号知声音，抃蹈❸，以为神奇。会宙贬贺州，遂以来。性爱酒，不能已，因纵发，为黄老术。薛道州伯高抵宙以书，必致之。至与坐起。伯高，褒邪人也，嗜其音，至善处，辄自为击节。教阍❹管谨视出入。饵仄柏，不食谷。三年，变服遁逃九疑丛祠中。披取之，益善亲遇，终不屑。卒乘暴水入小船，下崎嵝山，求道箓。会欧阳师死，不果受。张诚副岭南，又强与偕。诚死，至是抵余。时已得骨髓病，日犹鼓音四五行。居数日，益笃。既病，自为歌。死三日，葬州北冈西。志其词曰：

云州生，柳州死，年五十，病骨髓。天与之音，今止矣。丁酉之年秋既季，月阙其团于是始。心为浮屠形道士，仁人我哀埋勿弃。

【注释】

❶掔（wàn）：同"腕"，手腕。

❷髡缁（kūn zī）：僧人，出家人。

❸抃（biàn）蹈：手舞足蹈，欢呼雀跃。

❹阍（hūn）：守门人，看门者。

【书信原文二】

间发书❶，得《筝郭师墓志》一篇。以为其工独得于天姿。使木声丝声均其所自出，抑折愉绎，学者无能如繁休伯❷之言薛访车子❸，不能曲尽如此。能令鄙夫冲然南望，如闻善音，如见其师。寻文寤事，神骛心得；徜徉伊郁❹，久而不能平。

嗟夫，郭师与不可传者死矣！弦张柱差，枵然❺貌存。中有至音，含糊弗闻。噫！人亡而器存，布方册❻者是已。予之伊郁也，岂独为郭师发耶？想足下因仆书重有慨耳。不宣。禹锡白。

【注释】

❶发书：这里指拆开书信。

❷繁（pó）休伯：名钦。汉末文人。

❸车子：车夫。此指善歌者。繁休伯曾盛赞都尉薛访的车夫音声精妙。

❹伊郁：郁郁不平，郁愤难解。

❺枵（xiāo）然：空虚缥缈的样子。

❻方册：简牍，书籍。

李商隐 《上河东公启》
何当共剪西窗烛，却话巴山夜雨时

这是李商隐写给河东公柳仲郢的一封辞谢信，言辞委婉恳切。

李商隐，字义山，原籍怀州河内（今河南沁阳），祖父时迁居郑州荥阳（今属河南）。李商隐出身于一个下级官僚家庭，他的父辈大多只做过县令、幕僚等小官，三岁起他便随父亲李嗣赴浙江，十岁时父亲命丧于任上，随后他与母亲由浙江返回郑州。李商隐自小生活多艰，他在《祭裴氏姊文》中自述"四海无可归之地，九族无可倚之亲"。门衰祚薄，生活困窘，在种种严峻的现实面前，他急需扛起家庭重担，振兴门楣，而解褐入仕是最有效的途径，为此他勤奋刻苦，"九考匪迁，三冬益苦。引锥刺股，虽谢于昔时；以瓜镇心，不惭于前辈"。坚定的信念在李商隐的心里扎根，怀揣着实现个人价值、振兴家业的愿望，他叩响了自己的仕途之门。

829年，李商隐受到牛党令狐楚的赏识，从而进入幕府。他师从令狐楚，跟其学骈体文，欲借此作为今后加官晋爵的敲门砖。837年，李商隐进士及第，后令狐楚病逝，他失去荫庇，翌年转而依附亲近李党的王茂元。王茂元身居高位，爱惜李商隐的文才，遂将小女儿嫁与他。但顺遂的日子没过多久，岳丈故去，令狐楚的儿子令狐绹登上政治舞台，盛极一时。他对李商隐投身李党耿耿于怀，说他"忘家恩，放利偷合，谢不通"，此后李商隐无论如何表明心迹都无济于事，无奈之下走上了浪迹江湖、游幕四方的道路，后被柳仲郢收归幕下。

柳仲郢为人正直自持，为政清廉务实，亦不搅入朋党之争。当是时，李商隐辗转奔波于多个幕府之中，虽不至于挨饿受冻，但曾经振兴门楣的理想终归没有实现。朋党之争正盛，他因特殊的经历被多方排挤，柳仲郢也曾遭朋党攻讦而陷落，因此对于李商隐的遭遇颇有感触，虽然知晓令狐绹对李商隐有微词，但他更乐于剥离掉官场话术，从李商隐本人出发去了解他。李商隐在《献河东公启》中自述："契阔湖岭，凄凉路岐，罕遇心知，多逢皮相。"前半生飘零流落，仕途失意，更不要说遇到知心好友了，现在有满腹委屈不能为外人道也，可他全都说给柳仲郢听，实际上他已将柳公当作知己倾诉心怀。

柳仲郢任梓州刺史、剑南东川节度使时，有意纳李商隐于幕下，为表达对贤才的关怀，柳仲郢欲将梓州官伎张懿仙送与李商隐做侍妾。然李商隐仍沉浸在爱妻病殁的哀痛中，再加上年幼的子女流落长安寄人篱下，他自身也遭遇仕途困蹇，种种际遇触动了他的哀思，于是动笔写下这封信，谢绝柳仲郢的好意：

商隐启：两天前，我在张评事那里看到您的手书，评事也传达了您的意旨，在乐籍中挑选一人赐给我，为我缝补衣裳。妻子去世，时间没过去多久。我就像半死的梧桐独活于世，写了叙述哀悼的文章；我孑然一身，并且身体孱弱。心里眷恋牵挂儿女，却无暇关怀照顾。孩子有的比嵇康的儿子小，有的比蔡邕的女儿幼。读到庾信写给荀娘的书启，备感心酸苦楚；吟咏陶潜写给通子的诗，就哀叹自己羁旅漂泊。

幸而承蒙您的恩泽，我能够为幕府奔走效劳，满心想着为节度使效命，不敢怀念家乡。这里有锦绣的被褥，象牙缀饰的床榻，藏书丰富的石室，招贤纳士的黄金台。进门就陪侍风仪之人，外出就揣摩愚鲁的资质。加上早年间，我有志于道教之门，到了这里，更是了却了往日的夙愿。我早已安于衰体薄命，渐渐参悟了一点玄门精义。至于南方的美艳佳丽，歌台中的俏丽歌伎，虽然在诗篇里提到过，但与她们没有暧昧之实。

况且张懿仙本就天下无双，曾绝世独一，既跟从了上将，又托身于英俊幕僚。在汲县刻石，正依托于崔瑗；在汉朝脚踏木履，还在思念郑崇。怎么能让银河上织女星飞落、云间的月亮坠下，窥探西邻的宋玉，恨不能嫁给东邻的王昌呢？这实在是出于私恩，并不对等。希求您顺从我恳切的愿望，收回先前赐伎的承诺，使得国人都做到如柳下惠般坐怀不乱，酒肆店家不疑心阮籍。您优厚的恩德，我感激不尽。冒犯您的尊严，我深感惊惧惶恐。恭敬地向您陈述。

柳仲郢对李商隐关怀备至，虽然入职之初职位并不高，但一直奖掖提拔他，又赠他官伎"以备纫补"，只是李商隐因自身原因谢绝此事。他与柳仲郢共事八个年头，后柳仲郢因罪罢官，他再次失去了依靠，只得返回郑州。虽然这里是他的故乡，但对故乡来说，他俨然已成为异乡人，不久便于穷困潦倒之中结束了自己坎坷惨淡的一生。

李商隐是晚唐诗坛最为夺目的一颗明星，他的诗以情深见长，崔珏在写给他的悼亡诗中道："虚负凌云万丈才，一生襟抱未曾开。"还有什么比空怀才学而施展无望更令人悲伤呢？于是他向内探求，深入心灵世界，却也沉湎其中，把那些不可名状的心绪全都诉诸灵魂，将自己毕生的血泪浇铸成曼妙的诗歌。人们爱慕他绮丽迷蒙、精巧隽永的诗句，却总也不能理解他，正如元好问所说"诗家总爱西昆好，独恨无人作郑笺"。

此外李商隐有很多无题诗，并不是说他没有能力为诗歌赋题，而是他内心的痛苦蚀骨侵肤，区区几个字根本无法表达。李商隐的心灵世界极尽悲伤与缠绵，早年的经历造就了他敏感、纤细的个性。"夕阳无限好，只是近黄昏"，他总是沉湎于人世不幸的一面，一次次将自己推向无尽的悲哀；"春蚕到死丝方尽，蜡炬成灰泪始干"，他的泪水缠缠绵绵无绝期，自己也逐渐被泪水消解、吞没。式微的时代气象也深刻影响了李商隐的人生走向。晚唐时期政治环境黑暗至极，藩镇割据、宦官当权、朋党纷争，这些纷纷将唐王朝推向崩溃边缘。李商隐虽无意于朋党之争，但命运从来都是诡谲难测的，他被迫夹在两党之间，进退维谷，或许他的人生从卷入"牛李之争"开始，就逐渐陷入了一个不可逆转的局面。悲怆的灵魂成就了他的诗才，为他的人生披上了一层朦胧的色彩，但是这样痛苦的灵魂几人愿得之？

【书信原文】

商隐启：两日前于张评事处伏睹手笔，兼评事传指意，于乐籍中赐一人以备纫补。某悼伤以来，光阴未几。梧桐半死，方有述哀；灵光独存，且兼多病。眷言❶息胤❷，不暇提携。或小于叔夜❸之男，或幼于伯喈❹之女。检庾信荀娘之启，常有酸辛；咏陶潜通子之诗，每嗟漂泊。

所赖因依德宇，驰骤府庭，方思效命旌旄，不敢载怀乡土。锦茵象榻，石馆金台，入则陪奉光尘，出则揣摩铅钝。兼之早岁，志在玄门；及到此都，更敦凤契。自安衰薄，微得端倪。至于南国妖姬，丛台妙妓，虽有涉于篇什，实不接于风流。

况张懿仙本自无双，曾来独立，既从上将，又托英僚。汲县勒铭，方依崔瑗；汉庭曳履，犹忆郑崇。宁复河里飞星，云间堕月，窥西家之宋玉，恨东舍之王昌？诚出恩私，非所宜称。伏惟克从至愿，赐寝前言，使国人尽保展禽，酒肆不疑阮籍。则恩优之理，何以加焉？干冒尊严，伏用惶灼。谨启。

【注释】

❶眷言：照顾，关怀。

❷息胤（yìn）：子嗣，子女。

❸叔夜：嵇康，字叔夜。

❹伯喈（jiē）：蔡邕，字伯喈。

皮日休 《五贶诗序》
几年无事傍江湖,醉倒黄公旧酒垆

两岸绵延着高耸峭拔的山岭,山色黛青,山头薄雾隐约可见,飘忽不定。薄雾缓缓腾起,与更高处的云海交融共生,游荡青天。山脚下绿波荡漾,縠纹微起,水与山与雾与云与天,共享一色,犹如幻造的一隅。偏偏这时有两人驾一叶扁舟相偕游于湖上,乘雅兴荡进了这一水墨画境,他们由远及近,由小变大,在舟上烹茶煮酒,吟诗作对,遗世而独立。在晚唐风云万变的时局下,竟还有这样一处世外桃源,竟还有这样两位飘逸仙人,真叫人好生羡慕。舟中二子即是晚唐诗人皮日休与陆龟蒙。

皮日休,字袭美,早年隐居于襄阳鹿门山,自号鹿门子。许是隐遁山林的日子过得久了,对外面的世界渐渐起了向往，皮日休萌生了科考取仕的想法。没有经历太多波折，他于869年入苏州刺史崔璞之幕，担任州郡从事。次年春天，皮日休遇见了情意相投的朋友——陆龟蒙，两人频繁交游往来，感情颇深，世人称他们为"皮陆"，二人的友谊无可动摇，情比金坚。

陆龟蒙，字鲁望，他早年满怀激情与抱负，希望通过科举进入官场，进而实现自己的政治抱负。然科考不第，几番波折之后，陆龟蒙决计归隐，回到了故乡松江甫里（今属江苏苏州）。陆龟蒙的世祖陆元方是武则天时期的名相，父亲陆宾虞也官至御史，所以即便无官俸以养身，他仍有世代累积的家底作支撑，只是家里大片农田地势低洼，常受涝灾之苦，因而陆龟蒙的生活过得并不富裕。彼时国势衰微，大唐江山摇摇欲坠，个人的高远心志被时代无情碾压，"天下有道则现，无道则隐"，对于陆龟蒙来说，归隐是顺应天意，上天也待他不薄，给予了他最好的回报——遇见皮日休。

870年的春天，屋外枝芽抽条，草色疏淡，皮日休来到苏州已经一个月了，终日闲居幕府，以读书作诗为乐。像往常一样，皮日休在房内读书，这会儿应该待了半日有余了。一直醉心于手头的书卷，没注意到时间流逝，更没注意到披在肩头的衣服已经滑落在地，不巧冷风借未关严实的窗户溜进来，他不禁打了个喷嚏。正回神之时，听到外面有人来报，说是一书生求见，来人正是陆龟蒙。与他一同前来的，还有一大摞诗文书卷。皮日休早就以诗文名扬文坛，陆龟蒙此次拜访，是想请前辈看一看自己的文学创作，同时向他发出了交游唱和的邀请。看着眼前谦逊、真诚又主动的青年，皮日休心头一热。初至江南，除去生活上诸多不便，心里也常觉孤寂，更令他心动的是，陆龟蒙同样爱好诗文创作，相见恨晚之感拉近了两人的距离，彼此难抑心中激动的心情。

将两人紧紧联系在一起的东西太多了——诗、书、茶、酒、渔、樵……翻开《全唐诗》，两人的唱和酬赠之作盈千累百，何其繁多。而这些数量庞大的作品，绝大多数产生于他们同在苏州的那几年，不论是饮酒品茶、林下风流，还是渔樵江渚、促膝夜谈，皆能成诗。皮陆二君子如切如磋，如琢如磨，在一唱一和中升华了友谊。

陆龟蒙嗜茶，他在家乡一山坡上开垦了一片茶园，亲自经营管理。因为"性不喜与俗人交"，他常常携书卷、茶具、钓具等物品，独自泛舟游于太湖之上。结识皮日休之后，江海便承载起了两人的情谊与雅趣。

一日，看繁花开得正盛，皮陆二人兴致萌发，便合力搬出坐具饮酒花下,丝毫不顾宴会上其他人如何酣饮、如何交际。两个人在喧闹中独享宁静,在推杯换盏中诉说平生,从午后至夜半,从清醒至沉醉。夜深了,阵阵凉风吹过,拂醒了皮日休,他坐起身来,趁着月色抖了抖衣衫上的落花。在抖花的瞬间,应该是想起了"弄花香满衣"的雅趣,他又重新拾回花瓣,拢在衣衫上,细嗅清香。月色如流水,一泻千万里,也泻到了诗人这里,照得诗人怀中的花瓣发白。皮日休以花色望月色,以月色观自身,正玩味之际,他分明看到了花影忽闪,轻巧灵动,原来是红烛在一旁明明灭灭。红烛有心,替人驱赶黑夜,驱散孤独,但是扑闪着的小小烛光,根本撕咬不动巨大的黑夜,孤独感在春夜的庇护下更加肆无忌惮。皮日休心里突然翻涌起一阵难过,想到自己行至中年,仍沉沦下僚,心头酸苦难言,便作诗《春夕酒醒》一首:"四弦才罢醉蛮奴,醽醁(líng lù)余香在翠炉。夜半醒来红蜡短,一枝寒泪作珊瑚。"

  陆龟蒙自是懂得朋友的这份情,因为自己也遭逢相似的困境。早年怀抱济世之志,却怎样都敲不开仕宦之门,又适逢国势衰微,社会离乱,自己不堪心为形役,最终选择归去。不过和皮日休相比,陆龟蒙多了几分洒脱与疏狂,他认为自己远离朝堂,漂泊江湖这几年,渐渐与竹林七贤建立起了神交情谊,经常和他们一起体验魏晋风流。在陆龟蒙看来，狂饮狂醉，是再正常不过的事情，况且醒来有明月遥相伴，花影婆娑下，还有佳人搀扶。既是为诉说心志，也是为聊慰友人，陆龟蒙回作了一首《和袭美春夕酒醒》："几年无事傍江湖，醉倒黄公旧酒垆。觉后不知明月上，满身花影倩人扶。"

在苏州的这段时间，皮日休虽屈沉下僚，其志难酬，但好在有陆龟蒙这样一位知己好友，既懂他，也陪伴他，因此皮日休发出如此慨叹："道不行，乘桴浮于海，从我者，其'鲁望'与！"皮日休将自己高远的心志隐于平凡生活中，并竭力挖掘隐逸之事中藏匿的乐趣，以此保全天性。他有一组酬赠之作《五贶》诗，很是特别，对象不是好友陆龟蒙，而是气真志放的魏处士。然而诗中那些赏心乐事，好友一定心领神会，于是皮日休连忙将《五贶》诗与诗序一同赠与好友，并期待回信：

> 毗陵有一位魏姓处士，字不琢，其人性淳志旷，住在毗陵二十四年了，终日闭门研学。这样是对的吗？同乡人都不能求学于他；可这样是错的吗？同乡人不会因此非议他。对于魏处士来说，若要入世，并非难事，他若为官会造福一方百姓；若要出世，也不是难事，他并不在意外界

是非。唉！古时君子在仕隐之间选择保全气节的，和魏处士追求的是同一道义吗？伯夷心胸狭隘，柳下惠玩世不恭，就在于没有参透此道义。江南地区秋风乍起，正是鲈鱼肥美的好时候，只是不易钓上来，茭白长得脆生，还容易采摘，且乘一小舟，载一坛好酒，再带上坐卧之具，从五泻泾驶入震泽，穿过松陵，到达杭越之地。我曾经求道于魏不琢，问："怎样从平常事物中发现雅趣雅意呢？"于是我买了一条钓船，长约二丈，宽约三尺，在船顶搭了一个船篷以遮风挡雨，命名为"五泻舟"；有天台杖一个，颜色暗淡力道遒劲，命名为"华顶杖"；有龟头山叠石砚一座，高不达二寸，然而真实的山峰高逾千尺，命名为"太湖砚"；有桐庐座椅一个，奇形怪状，坐法各异，命名为"乌龙养和"；有南海鲎鱼壳一片，涩锋断角，内玄外黄，命名为"诃陵樽"。以上五种物件都赠给魏不琢了，他出游时，可以尽情享受云水之乐，他在家时，可以借此增添读书抚琴的乐趣，我想，这才是古人之间往来赠送的雅趣所在啊。又想到先前送出的这些仅是一些薄礼，不如写诗赠予，于是作了五首诗一并赠之，命名为《五贶》，恳请鲁望兄作同题诗。

那些良辰美景、赏心乐事是两人一同经历的，陆龟蒙怎会不懂其中的风雅与情志，他以原诗题作诗回赠皮日休，对好友提及的雅致风物一一作了回应。

皮陆的唱和诗不同于一般的应酬之作，乃是由心而发，随心而作，毫无勉强、应付之意，如皮日休言："我未九品位，君无一囊钱。相逢得何事，两笼酬戏笺。"他们二人平生经历相似，性情趋同，志趣相投，唱和或许是他们共同选择的一种理想的生活方式。那些难以言明的心绪、蹉跎半生没有实现的志向、不为人知的孤独，还有探求隐逸的心态，都在有来有往的诗歌唱和中，被彼此用心理解并妥帖收藏。

皮日休在苏州任职的时间，不过短短两三年，之后两人天各一方，皮日休被召回京都任职，陆龟蒙则恢复到以前独自一人的生活状态。乱世之中，音书难递，不过皮日休、陆龟蒙算是幸运的吧——这世界如此大，我们却有缘相遇，这世界又如此小，小到我只需感受你我的诗酒人生。

【书信原文】

五贶诗序

　　毗陵处士魏君不琢,气真而志放,居毗陵凡二纪,闭门穷学。是乎?里民不得以师之;非乎?里民不得以訾❶之。用之不难进,利之被人也;舍之不难退,辱非及已也。噫!古君子处乎进退而全者,由此道乎?抑夷之隘,惠之不恭,不能造于是也。江南秋风时,鲈肥而难钓,莼脆而易挽,不过乘短舸❷,载一甄❸酒,加以隐具,由五泻泾入震泽,穿松陵抵杭越耳。日休尝闻道于不琢,敢不求雅物,成雅思乎?于是买钓船一,修二丈,阔三尺,施篷以庇烟雨,谓之"五泻舟";天台杖一,色黯而力道,谓之"华顶杖";有龟头山叠石砚一,高不二寸,其仞数百,谓之"太湖砚";有桐庐养和❹一,怪形拳跼,坐若变去,谓之"乌龙养和";有南海鲎鱼壳樽一,涩锋鬣❺角,内玄外黄,谓之"诃陵樽"。皆寄于不琢,行以资云水之兴,止以益琴籍之玩,真古人之雅贶❻也。因思乘韦❼之义,不过于词,遂为五篇,目之曰《五贶》,兼请鲁望同作。

【注释】

❶ 訾(zǐ):毁谤、非议。

❷短舴（fú）：短舟。

❸甔（dān）：类似于瓶、坛的盛器。

❹养和：靠背椅的别名。

❺齾（yà）：缺齿，此处指器物缺损。

❻雅贶（kuàng）：敬辞，指对方的赠予。这里指皮日休赠与魏不琢一些古雅物件。

❼乘韦：四张熟牛皮，这里引申为微薄心意。

宋元

不为时世所汩没

欧阳修 《与梅圣俞》
逢君伊水畔，一见已开颜

欧阳修，字永叔，号醉翁，晚年自号六一居士。史书记载欧阳修的家族曾为庐陵大族，但到了祖父辈，家族荣光盛景便难以为继，至欧阳修时更显败落。他出生于父亲欧阳观的任所绵州（今四川绵阳），家境本就清贫，四岁时父亲病逝。这下没了父亲可依靠，又无房产地产可以继续维持生活，母亲郑氏只得带着孩子们奔往随州。欧阳修的叔父欧阳晔在随州做推官，职位低下，官俸微薄，但对欧阳修一家仍热情招待，自此欧阳修便定居随州。即便生活贫寒，母亲仍非常注重他的启蒙教育，亲自教他读书写字，教导他要清白做人。

1030年，欧阳修考取进士，正式步入仕途，初步完成了少时立下的"念昔始从师,力学希仕宦"的志愿。次年春,欧阳修至洛阳就职,在那里他结识了钱惟演、尹洙、梅尧臣等一众才识卓越、刚直耿介的文人士大夫,很快便过起了和同好一起赏山玩水、吟诗作文的优游自适的日子。

1036年,朝廷内发生了一系列党争之事。范仲淹因议论时政得失,对宰相吕夷简任人唯亲、以权谋私的勾当大加斥责,被保守派攻讦为"越职论事",最终被逐离京城。尹洙、余靖上书为其申冤辩解,却遭到贬斥。而时任左司谏的高若讷非但没有仗义执言,反而落井下石,向皇帝言明范仲淹勾结朋党,理应贬斥。欧阳修对此气愤难当,作《与高司谏书》叱骂他"不复知人间有羞耻事尔",毫不留情地揭露其趋炎附势、自私卑鄙的小人面目,后遭高若讷报复,被贬往夷陵(今湖北宜昌)。

是年,任建德县令的梅尧臣听闻此事,写下一篇篇诗文寄给范仲淹、尹洙等刚正不阿、直言进谏的正义之士,为他们摇旗呐喊,高唱赞歌,还为欧阳修作《闻欧阳永叔谪夷陵》,这首诗字里行间充满了对友人被贬至荆蛮之地的关心与同情:

共在西都日,居常慷慨言。
今婴明主怒,直雪谏臣冤。

谪向荆蛮去，行当雾雨繁。

黄牛三峡近，切莫听愁猿。

这是一场新旧交锋的政治斗争，在这个旋涡中，梅欧两人政治立场完全一致，一同站在了代表进步势力的改革派一边，相同的政治观念使得他们的感情愈发深厚。

1039年，梅尧臣在第二次应试落榜后，接受了去往隆中任襄城县令的任命，此时欧阳修在乾德做一个闲散小官。隆中距乾德不远，于是梅尧臣邀其前来会面。阔别五六年的好友终于相见，两人欣喜异常，互相安慰，互通思想，探讨学问。二人分手时，梅尧臣还写了一首诗赠与老友，首句"渊明节本高，曾不为吏屈"，以陶渊明不为五斗米折腰的气节比欧阳修，"悠然目远空，旷尔遗群物。饮罢即言归，胸中宁郁郁"四句直接言明了欧阳修的正直与傲骨，赞美了欧阳修高尚的人格和旷达自适的胸襟。

1043年，范仲淹、韩琦等人推行"庆历新政"，欧阳修积极参与到这场政治革新当中，针对冗官冗兵等弊政，提出了改革吏治、军事等主张。后庆历新政失败，他也遭到贬谪。欧阳修为人耿介忠直，守正不阿，一直被守旧势力和奸佞小人视为眼中钉，所以遭诬陷被贬出京城的事情时有发生。他先降职为知制诰、滁州知州,到任两年后又改往扬州、颍州任职。后因母亲去世,居丧家中。其间与梅尧臣书信往来不绝。

1054年,欧阳修奉诏还京,经年的贬谪生涯终于画上句号。此时梅尧臣正值宣城居丧期间,他采摘自家后园的银杏果,远寄京城欧阳修及其他亲友,并以诗为信:"予指老无力,不能苦多书。书苟过百字,便觉筋挛拘。京都多豪英,往往处石渠。作书未可周,寄声亦已疏。后园有嘉果,远赠当鲤鱼。中虽闻尺素,加餐意何如。"

欧阳修收到银杏果后,大为感动,对朋友送礼的新意啧啧称奇,遂即兴赋诗,吟诵佳果与友情。后又写信表达感激与思念:

> 某启。收到您寄来的银杏叶,惊奇万分。赵三带来的书信也已经收到了。我平日里常吟读您的诗,并且想一直读下去,但是您何必自己誊抄呢,令小孩子们写下来即可。我其实也不喜欢练习书法,因为我觉得写字效果如何,很大程度上取决于个人禀赋,后天努力不能强求。过去我曾练习弓箭之术,努力练了三四年,仍无所进步,因此便放弃了。后来听蔡君谟说平生最爱练习书法,于是我又学练字了。然而写来写去,居

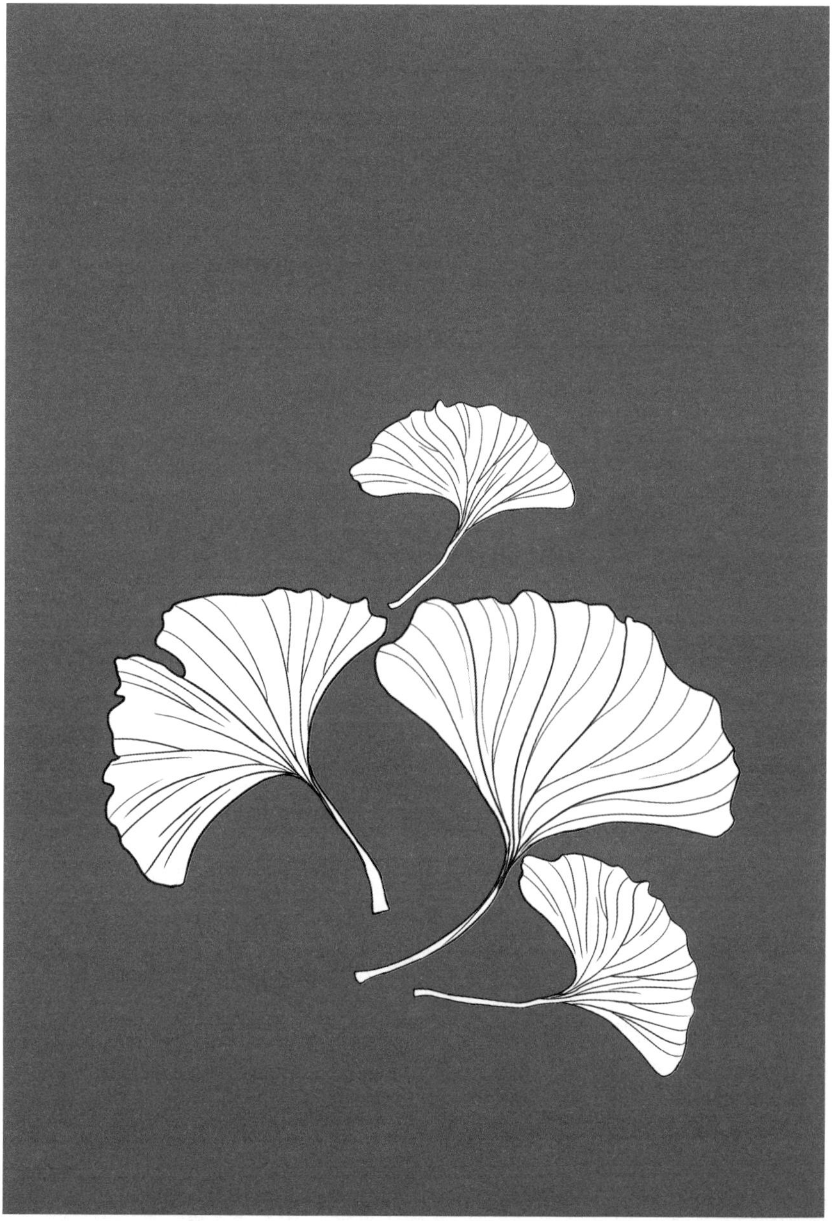

然写得更差了，还不如之前的水平，就好似逆风行舟，竭尽全力，小船仍纹丝不动，没有前进丝毫。我自觉精疲力竭，就停止了。年龄大了，难道还要这样自我折磨吗？但是我也因此懂得了世间好字是非常珍贵的。往后我只品赏他人书法，也能从中收获乐趣，这样也不用为难自己了。近来天气阴沉苦闷，令人昏沉，所以给您写了这封信，一下子就觉得身心获得释放，一身轻松了。如果能和您见面，握一握手，就更加欣慰了。谢景平的文章，写得妙不可言，今后必将扬名于世，又怎会止步于登科取第呢，我们可为希深先生高兴呢。另有小吏传来消息，占卜之后定下的葬地还没买，这些事再一一商定吧，以后会写信告知。匆匆写就，别的就不一一说了。

此后，欧阳修的仕途顺风顺水，不仅成为仁宗的重臣，还凭借学识和人品，名满天下。而好友梅尧臣，依然官场失意，日子清贫，不过欧阳修从未因此看淡与他的情谊。两年后的夏天，梅尧臣从南方来到京城，欧阳修身居高位，仍亲自临岸迎接。这一举动，令梅尧臣大为感动，说："我公声名压朝右，何厚于此瘦老翁。"为帮助老友，欧阳修一直揄扬梅尧臣的诗文，还引荐他做国子监直讲，以便留在京城。

平日里欧阳修也处处照顾朋友,夏日送冰,冬日赠绢,对其关怀备至,体贴有加。

1060年,梅尧臣被授予新的官职,到职没多久便病逝于任上。欧阳修闻此噩耗悲痛欲绝,伤心之余,写下《哭圣俞》,追忆了曾经在西京洛阳的似水年华:"昔逢诗老伊水头,青衫白马渡伊流。"犹记得那年伊水河畔与君初相逢,你我一见如故,相见恨晚。虽然梅尧臣仕途困蹇,潦倒一生,但欧阳修从未在意世俗的政治地位,反而极其赏识梅尧臣,他眼里的梅尧臣文才卓越、外表俊逸:"圣俞翘楚才,乃是东南秀。玉山高岑岑,映我觉形陋。"梅欧两人相识相知、彼此扶持近三十年,斯人已逝,只留欧阳修一人泣涕涟涟,泪流如沟。

梅尧臣去世不久,欧阳修在写给他们的共同好友杜诅的信中谈及好友身后事尚未安顿下来,"嗣子孤弱,为堪家事",哀痛与担忧之情流溢于字里行间。当然,欧阳修的关心也不止停留在口头上,他一方面赈其家室,发动昔日的朋友竭力相助,另一方面又官其子弟,启奏朝廷予以厚恤。欧阳修的长子欧阳发在《先公事迹》中有言:"先公笃于交友,恤人之孤。梅圣俞家素贫,既卒,公醵(jù)于诸公,得钱数百千,置义田以恤其家,且乞录其子增。"

所谓"人走茶凉"这一常见现象在欧阳修这里根本不存在,他一如既往用实际行动延续与梅尧臣的友情,为他撰写墓志铭,为他的诗集作序和跋,就像梅尧臣在世时那样,情深意笃,诚挚非常。

【书信原文】

某启。寄惠鸭脚子❶,甚奇。赵三书信已领。圣俞诗屡见许,甚渴见,何必自写,小儿辈可录。某亦厌书字❷,因思学书各有分限,殆天之禀赋,有人力不可强者。往年学弓箭,锐意三四年,不成,遂止。后又见君谟,言学书最乐,又锐意为之。写来写去,却转不如旧日,似逆风行船,著尽气力,只在旧处,不能少进。力竭心倦,遂已。身老矣,安能自苦如此邪?乃知古今好笔迹,真可贵重也。今后只看他人书,亦可为乐,不能生受得也。数日阴闷,昏然,因作圣俞书,顿觉豁然如有所释。若遂一握手,可胜为慰也。谢景平文字,下笔便佳,他日当有立于世,何止取一科第而已,吾徒可为希深❸喜也。胥太祝且为伸意❹,某卜葬地尚未买得,相次决定,当有书报他也。匆匆不宣。

【注释】

❶鸭脚子：银杏叶。

❷书字：练习书法。

❸希深：谢景平之父谢绛，字希深。

❹伸意：致意。

黄庭坚 《上苏子瞻书》
为公唤起黄州梦，独载扁舟向五湖

黄庭坚，字鲁直，号山谷道人，洪州分宁（今江西修水）人。黄庭坚自幼聪敏好学，博览群书，记忆力超群。一次他的舅父李公择到家塾中来，随意拿起书架上一本书，庭坚立能成诵，舅父称赞他进步神速，一日千里。黄庭坚十四岁那年，父亲黄庶病逝于任上，这对他的家庭来说是个不小的打击，他长大后回忆起这段困顿的生活时感叹："窘于衣食，又有弟妹婚嫁之责。"为了维持生活，黄庭坚被送至外婆家教养，次年舅父李公择携他游学淮南，在旅程中他开阔眼界增长见闻，也结识了不少文人学士。李公择将黄庭坚视为己出，他也对舅父深怀感激，称其"内行冰清玉洁，视金珠如粪土，未始凝滞于一物"，舅父超逸脱俗的品性在言传身教中深刻影响了黄庭坚。

1061年，黄庭坚随舅父李公择游学时于扬州结识了诗人孙莘老。莘老推尊杜甫，认为杜诗《北征》胜于韩愈的《南山》诗，有趣的是，另一诗人王平甫持相反论调，为此两人常常争执不休。一日，双方正争持不下，黄庭坚恰在场，问其看法，答曰："若论工巧，则《北征》不及《南山》；若书一代之事，以与《国风》《雅》《颂》相为表里，则《北征》不可无，而《南山》虽不作，未害也。"他的独特见地令两位前辈心悦诚服。经此一语，孙莘老开始对这位少年刮目相看，后来还将女儿兰溪嫁与他。

1067年，黄庭坚登进士第，从而进入仕途。身在官场，对其中的污浊与苟且了解愈深，他愤世嫉俗的本性就愈发凸显。后来，苏轼经孙莘老引荐读到他的诗文，赞其"超逸绝尘"。黄庭坚久仰苏轼大名，而苏轼对黄庭坚也是赞赏不已。1077年，恰逢苏轼经济南，受到李公择的热情招待，李公择向苏轼荐引了自己的外甥，也就是黄庭坚。在读其诗文并接连收到引荐后，苏轼对这位虽未谋面的朋友好感倍增，而黄庭坚也一直感激并崇拜着苏轼，于是提笔赋诗两首，连同信一起寄给苏轼。两人的生命轨迹第一次产生连接，神交徐徐展开。信中对苏轼的赏识与荐引深表感激：

我出身贫寒，才德匮乏，不具备陪侍君子的能力，所以我曾在熙攘的人群中看见您，却终究没有机会到您身边供您使唤。您的学养和诗文水平，远超前人；德厚流光，激励后进。身在朝堂，直书谏言却遭排斥，居地方官政绩卓著，不管在朝还是在野，您都做得很好，所谓名副其实说的就是您。以上所述，对别人来说不易兼具，而您的胸襟抱负，如海洋一般宽广，如大地一般辽阔，这样优秀的特质，尤其彰显于您治理州郡和国家两方面。您学养深厚，德行高蹈，若后生晚辈不沐浴您的光辉向您学习，以此增加自己所不具备的才能，那么就违背了人之常情。如果发生了这种事情，是因为他们汲汲于富贵，只看重名利，我与他们志趣相异，所以选择的道路不同；这样的人愚鲁非常，缺少勤学的心志，所谓"骄矜自傲，颇为自负"便是如此。

我自觉十分幸运，幼年时便能求学于父兄与师友，故早已将汲汲于功名和缺乏勤学之志这两种负累抛诸身外；我唯一遗憾的是未曾拜您为师，因为我年少，出身贫寒，又不成才。自我读书学习开始，就为仕途所牵绊，久闻您德学兼备，想要得到您的赐教而不能。如今我就职于大名府，恰逢您在徐州做官，偶有音信相传，您不因我未登门求教而心有芥蒂，而是大方地赞赏我，使我的名声传得更远。大概心有灵犀可跨越千里之遥而交谈，而貌合神离即便近在咫尺也不互通的道理便是如此，因此我斗胆给您写信。

年少者侍奉年长者，名士与大夫相交，学识浅薄者求教于博学多识者，这些都要遵循相应的礼教，不应当像我这样。古来贤者，对国之杰出者的期许是，不在乎身份尊卑，乐意互通书信，因此我斗胆写信与您。若不是您平易待人，又有什么不可呢，只是我不敢这样罢了。希望您体谅。因此我又作了两首《古风》诗，赠与您评赏。《诗经》有言："我怀念古人，因为他们深知我心。"我心中所想，能够说与相知者，不能为常人道也，也不能说与当世人，因此向古人诉说就很合适。我们生于同时代，但您深知我心，我对您思之心切，便是如此！《诗经》有言："若能见到君子，我一定会倾吐心中所想。"如今还没相见，我就已经迫不及待向您倾诉！初春天气忽冷忽暖，难以预判，您一定要保重好身体。

此信一去，北宋两位文坛巨擘正式以书信订交，往后唱和不绝，交往甚密。

【书信原文】

　　庭坚齿少且贱，又不肖❶，无一可以事君子，故尝望见眉宇于众人之中，而终不得备使令于前后。伏惟阁下学问文章度越前辈，大雅岂弟❷博约后来。立朝以直言见排报❸，补郡辄上最课，可谓声实于中，内外称职。凡此数者，在人为难兼，而阁下所蕴，海涵地负，此特所见于一州一国者耳。惟阁下之渊源如此，而晚学之士不愿亲炙❹光烈，以增益其所不能，则非人之情也。借使有之，彼非用心于富贵荣辱，顾日暮计功，道不同不相为谋；则浅陋自是，无好学之志，"訑訑❺予既已知之"者耳。

　　庭坚天幸，早岁闻于父兄师友，已立乎二累之外。然独未尝得望履幕下，则以齿少且贱，又不肖耳。知学以来，又为禄仕所縻，闻阁下之风，乐承教而未尝得者也。今日窃食于魏，会阁下开幕府在彭门，传音相闻，阁下又不以未尝及门，过誉斗筲❻，使有黄钟大吕之重。盖心亲则千里晤对，情异则连屋不相往来，是理之必然者也，故敢坐通书于下执事。

　　夫以少事长，士交于大夫，不肖承贤，礼故有数，似不当如此。恭惟古之贤者，有以国士期人，略去势位，许通草书，故窃取焉。非阁下之岂弟素处,何特不可,直不敢也,仰冀知察。故又作古风诗二章,赋诸从者。《诗》云:"我思古人,实获我心。"心之所期,可为知者道,难为俗人言,不得于今人,故求之古人中耳。与我并时而能获我心,思见之心宜如何哉!《诗》云:"既见君子,我心写兮。"今则未见,而写我心矣。春候暄冷失宜,不审如何,伏祈为道自重。

【注释】

❶不肖:谦辞,指没出息,不成才。

❷大雅岂弟:指品德高尚,平易近人。

❸排挄(hén):排斥。

❹亲炙:这里指熏陶、教化。

❺訑(yí)訑:这里指骄傲自负。

❻斗筲(shāo):斗与筲,这里指低微、卑贱。

苏轼 《答黄鲁直书》
得此一挚友，可以慰风尘

这是苏轼写给友人黄庭坚的一封回信，彼时他们互有好感却素未谋面。

苏轼，字子瞻，号东坡居士，眉州眉山（今属四川）人，他的家乡流传着这样一句歌谣："眉山生三苏，草木尽皆枯。""三苏"即父亲苏洵与儿子苏轼、苏辙，父子三人同列"唐宋八大家"。他们才学盖世，似乎汲取了天地之灵气，使世间草木光辉尽失。生于书香门第的苏轼，在父母亲的教导下刻苦学习，博览群书，终至学养深厚。

1056年，苏洵携二子进京赶考。翌年，兄弟二人进士及第，苏轼还凭借《刑赏忠厚之至论》深得主考官欧阳修青睐。1061年，苏轼参加制科考试，优入三等,《宋史·苏轼列传》记载:"自宋初以来,制策入三等,惟吴育与轼而已。"实际上制科考试的第一、二等为虚设,而第三等又分三等和三等次,吴育中的是三等次,所以宋朝开国百余年来登顶制科考试的唯苏轼一人,后苏轼顺理成章入朝为官。

1069年,在宋神宗支持下,王安石变法以不可抵挡之势拉开序幕,苏轼深知变法若操之过急,对百姓造成的损害不可估量,他上书直言新法弊端,但这种"逆潮流而行"的做法遭到的冷遇可想而知。为避开政党纷争,苏轼自求外调,出为杭州通判。与其在朝中做无谓的争斗,不如到基层为老百姓做一些实事。

1072年,时任杭州通判的苏轼到湖州出差,顺便拜会了湖州太守孙莘老,莘老既是苏轼的老友,也是黄庭坚的岳丈。这次会面,莘老将黄庭坚的诗文拿给苏轼看,请求为其扬名。读罢,苏轼惊异于黄庭坚的才学,以文品推人品,对他的品性也表达了充分肯定。苏黄二人见字如面的友谊就这样开始了。

1077年,苏轼途经济南,因缘巧合下又从李公择的口中更加了解了那位素未谋面的朋友。原来,李公择是黄庭坚的舅父,李公择极力称赞黄庭坚,因此,苏轼对黄庭坚的好感更甚。

二人以神交的方式维持着这份独特的友谊,不久后,苏轼收到黄庭坚的书信并《古风》诗二首,喜出望外，在处理完家中事务后，提笔写下这封回信：

苏轼叩首，再次拜会鲁直教授。在您的岳丈莘老家中，我初次拜读您的诗词文章，读罢顿感惊异，觉得当今世人写不出来这等佳文。莘老说："这个后生，还没有什么名气，需要你帮忙传扬一下他的诗文。"我笑言："此人珍贵稀有，堪比精金良玉，不待他走向人群，人群自会被他吸引，到那时逃避铺天盖地的名声还来不及呢，根本用不着我来宣扬啊！"通过阅读诗文来推断其品性，此人必定是一个轻视外物，看重内在修养的君子，当下品性高逸的君子不会不受到重用。后来我途经济南，见到了您的舅父李公择，读到您文章的机会更多了，对您的文品和人品了解也更深。您超凡脱俗，高雅俊逸，飘飘乎如遗世独立，御风而行，畅游于天地之间。您不会得不到当今朝廷重用，因为您不像我这般自我放逐，与世疏离，结识不到知心朋友。近来收到了您的信札和赠诗，礼节到位，用词恭敬，如同与一个令您胆怯生畏的人交谈，为什么要这样呢？我有意与您结识，只是担心不能如愿，现今收到您的来信，喜不自胜，又自惭形秽。因为今年入夏至今，家里人接连患病，一眨眼时间就过去了，拖到现在才回复您，希望您别见怪。您所作《古风》诗两首，借物言志，实在是颇具前人的风范啊，实际上我不值得您称颂。我也给您寄去了次韵诗，您可一笑置之。秋天暑热仍未消，不晓得您平日的生活是怎样的。暂且没有相见时机，您千万要保重好自己的身体。

此后数年，二人书信传情，交往不断。

1079年，苏轼因一篇《湖州谢上表》被诬告下狱，史称"乌台诗案"。苏黄两人交好尽人皆知，虽然苏轼在狱中不安惶惶、惊惧万分，但为了不牵连好友，他闭口不提"曾有黄庭坚讥讽文字等因依"，狱外有人为他奔走呼告，有人急于与他撇清关系，以免受到牵连。而黄庭坚终是受其牵累，迁至江西太和（今江西泰和）出任县令，但他对此毫不在意。即便自己仅为下级官员，人微言轻，仍为救好友多方奔走，后苏轼经多方营救获释出狱，紧接着被外放黄州（今湖北黄冈）任团练副使。两人的友情经此患难愈发坚韧，此时两人尚未得一面之缘，仍是书信致意，往来甚密。

1085年，黄庭坚入朝参与修撰《神宗实录》，是年底，苏轼因职务变动归京，被起用为翰林学士，已经书信往来数年的苏黄二人，终于等来见面的契机。

翌年初，黄庭坚马不停蹄前往苏府拜会苏轼，初次见面便向其行拜师礼。两人相知十余年，终得以相见，亦师亦友的关系在仪式的加持下更添庄重。这次京都聚首，黄庭坚正式入苏轼门下，与秦观、张耒、晁补之同列"苏门四学士"。

在京师，苏黄二人度过了一段美好的时光，在彼此的生命中留下了不可磨灭的印记。他们既互通思想、切磋诗艺、品书鉴画，亦宴饮畅谈、踏野寻青、赏月垂钓。可欢愉之下暗流涌动，在官场摸爬滚打数年，黄庭坚深谙宦海诡谲不定，"乌台诗案"不仅改变了苏轼的仕途走向，也是黄庭坚心里挥之不去的阴霾。虽然眼下苏轼身居要职，但官场向来阴晴不定、朝不保夕，心系好友的黄庭坚为表劝诫，于是写《双井茶送子瞻》赠他，用分宁家乡寄来的双井茶委婉劝其远离政治漩涡，一句"为公唤起黄州梦，独载扁舟向五湖"情意深重。然苏轼心中有未竟的志向，想借此机会有所作为。后来黄庭坚的担忧终成现实，苏轼因反对当权者尽废新法的举措，直言进谏却再被诬陷，在朝中备受排挤，心灰意冷之下他自请调离京城，去往杭州做太守。

此后苏黄各自奔波，再无同行交游的机会。后来苏轼接连被贬惠州和儋州，1100年才被赦免流放之罪。归京途中，他仍不忘吟诵"我心本如此，月满江不湍"。生活变故不断，对他几经摧残，可苏轼还是那个苏轼，豁达自信的人生态度是上天赋予他最好的礼物。然终不敌病魔侵袭，苏轼在经过常州时去世。黄庭坚收到恩师病殁的消息，一时间难以接受，连作诗词悼念亡师，后来他请人作苏东坡画像，悬于室内显眼处，日日瞻仰参拜。

苏黄二人既是挚友，也是北宋文坛扛鼎之人，他们之间深厚的情谊，无疑促进了彼此的文学创作，他俩共同引领了一个时代的文风。苏轼不主故常，才情挥洒，"天生健笔一支，爽如哀梨，快如并剪，有必达之隐，无难显之情"。而苏轼称赞黄庭坚："瑰玮之文，妙绝当世；孝友之行，追配古人。"两人以书信串联起生死情谊，用生命酣畅淋漓地演绎了一场君子之交，流芳万世。

【书信原文】

轼顿首再拜鲁直教授长官足下。轼始见足下诗文于孙莘老之坐上，耸然异之，以为非今世之人也。莘老言："此人，人知之者尚少，子可为称扬❶其名。"轼笑曰："此人如精金美玉，不即人而人即之，将逃名而不可得，何以我称扬为？"然观其文以求其为人，必轻外物而自重者，今之君子莫能用也。其后过李公择于济南，则见足下之诗文愈多，而得其为人益详。意其超逸绝尘，独立万物之表，驭风骑气，以与造物者游。非独今世之君子所不能用，虽如轼之放浪自弃，与世阔疏❷者，亦莫得而友也。今者辱书词累幅，执礼❸恭甚，如见所畏者，何哉？轼方以此求交于足下，而惧其不可得，岂意得此于足下乎！喜愧之怀，殆不可胜。然自入夏以来，家人辈更卧病，忽忽至今，裁答❹甚缓，想未深讶也。《古风》二首，托物引类，真得古诗人之风，而轼非其人也。聊复次韵，以为一笑。秋暑，不审起居何如，未由会见，万万以时自重。

【注释】

❶称扬：称许赞扬，这里指宣扬、传扬。

❷阔疏：疏远、疏离。

❸执礼：遵循礼数。

❹裁答：这里指回信。

| 陈亮 | **《与辛幼安殿撰》**
百世寻人犹接踵，叹只今、两地三人月 |

有两位力主抗金，为恢复中原奔走呼号的英雄，因相同的政治理想走到一起，虽然终其一生无法实现共同的抱负，但仍在历史的旷野中寻得记功石，并有力地刻下了自己的姓名。英雄之一便是辛弃疾，另一位是懂得辛弃疾之英雄气概与悲怆情怀的陈亮。

辛弃疾，自小在金人占领区长大，那时的他已经意识到，若想摆脱金人统治，必须收复失地，光复中原。辛弃疾年轻时在家乡历城（今山东济南）参加了抗金起义，因军队内部发生叛乱，起义以失败告终。惨败的结局并不能抹杀辛弃疾在战场上一骑绝尘、奋勇厮杀的不俗表现，然而南归后他没有受到应有的重视，甚至被打上了"归正人"的标签，被多方势力排挤和打击。这些刁难都无法摧毁辛弃疾坚韧的抗金信念，他屡次上书言明光复中原的必要性和决心，满腔的报国热忱喷薄而出。在大多数人沉溺于奢靡幻梦中不愿醒来时，辛弃疾清醒而痛苦，他本可以就此离开，过自己孤高舒适的乡村生活，然而他一生三仕三已，终究是无法舍弃这颗报国之心。

陈亮，字同甫。其人豪迈超逸，爱好谈兵论道，自谓能够"推倒一世之智勇，开拓万古之心胸"。因不满南宋朝廷苟安求和的态度，他曾上书《中兴五论》反对议和，力主抗金，但朝廷根本不理会他的谏言。1178年，陈亮心怀光复中原的伟业，来到临安（今浙江杭州）接连上书孝宗皇帝，高呼北伐抗金。他慷慨豪迈的英雄气概与一众萎靡软弱之流大相冲突，劝降派对他慷慨激愤的言行怀恨在心，污蔑其长篇大论只是想为自己谋得一官半职罢了。陈亮不堪受辱，自谓平生志向在于为国家开创百年基业，岂是为了沽名钓誉，遂渡江而归。

"众里寻他千百度，蓦然回首，那人却在，灯火阑珊处。"辛弃疾在旷野之中为光复中原奔走呼号，摇旗呐喊，孤独又凛然，怅然若失之际，内心深处仍渴望有回响自远方传来，渴望有人能与之共鸣。后来在偶然一瞥中，发现了"那人"，对于辛弃疾而言，"那人"既是与他怀抱相同理想却屡次被断送政治前途的陈亮，也是逆流而行的自己。这一次对视，两位英雄惺惺相惜。

1182年，正当壮年的辛弃疾被弹劾罢职，闲居江西上饶。此前，辛、陈二人得以见面的机会寥寥，又因奔走于各自的前途而疏于联络，知悉辛弃疾闲居上饶，陈亮在次年春天写信致意：

> 我平日闲居在家无事可做时，常常想起先前临安之游，当初匆匆一别，到如今也过去很久了，我们之间的变化也该很大了。我本来不打算写信给您，不是我自己见外，不过是形势导致这样罢了。前年陈秀才让我写信，后来有一位朋友也让我写信，我都不知道那些书信他们收到没有。我们良久未见，也没有消解相思的事物。去年有位来自玉山的同族子弟，我请他详细说了说外面的情况，他还说想要求教于我。我闲居僻远处太久了，听他说完肃然起敬。虽然他说的不一定能够施行，但是这样高远的志向是当今士人所不具备的。我感慨良多。如今春天已过去大半，恭敬地祝愿您闲居时安适自在，亲近自然，万事顺遂。
>
> 我自知愚顽笨拙，垂垂老矣，面目嶙峋，气概尽失，平生以学者自居而文人气息无影无踪，

只有遇到昔日朋友时才能开怀大笑。我不可靠是很明白的，实在不值一提。我觉得世道愈发艰难，心怀远大志向的人，不仅会遭到世人摧折，上天也会对其赶尽杀绝。四海之内可堪大任的，只有朱熹、您以及韩彦古三位了。然而我知道您和朱熹的思想观点不相合，若有吕祖谦在其间调和就好了。天地阴阳变化，相生相灭，运行不辍，只是担忧人没有锐利的双眼和坚强的身体罢了。长江大河千里奔腾，没什么可奇怪的。

前年我曾去和平山间拜访韩彦古，如今我又很想前去上饶，再去崇安。但是我现在是一介百姓，又是农忙时节，只能等到秋末农闲时候了。我听说您在上饶的新居甚是宏伟，看到您写的《上梁文》，得以窥见一二。又听说朱熹派人前去观赏，得到的回复是您的居室华美，是他们未曾见过的，朱熹之口必无虚言。去年我也盖了数间房屋，颇有鹪鹩模仿鲲鹏的意味，若要品评一下优劣，我这也不过是受人驱使的命啊。又听闻您常常赠词给钱仲耕，难道不能以一纸分赐给我吗？

偶有空暇时间，因此写信询问您的近况，也想知道之前寄去的信您收到没有。先前的信使一去不回，如果此信能得到您的回复，我就十分荣幸了。希望您照顾好自己的起居饮食，心存高远志向，期待以后能够共同商议天下大事！

此信寄出，陈亮又发出邀请，约辛弃疾一同前往崇安拜访朱熹，共商国是，探讨学问，后因事行程搁置。两人若想再重逢，恐怕需要一点机遇。

1187年，始终奉行议和政策的太上皇宋高宗崩，这对力主抗金的陈亮来说无疑是个机会，他渴望独掌大权的孝宗皇帝能彻底抛弃议和政策，励精图治，一鼓作气收复中原。次年，陈亮急忙赶往铅（yán）山（今属江西）会见辛弃疾，并邀朱熹于紫溪见面，期待共同商议国家大事、探讨学问，只是朱熹推辞未至。辛、陈的人生遭际何其相似，心怀家国，力主收复中原，不断进言献策，又不断遭排挤、被弃置。这一次会谈，两人似将前半生的苦闷与失意一饮而尽，继而生发出更加蓬勃的豪情与壮志，不管先前遭受过怎样的冷遇，只要有机会实现心中的抱负，虽千万人，吾往矣。这次会谈对辛、陈二人的意义重大，他们重拾信心，坚定信念，悠然度过了一小段欢愉的日子。鹅湖小憩、瓢泉畅饮、彻夜长谈，只是朱熹未至有些遗憾。十天后，陈亮"飘然东归"，分别的第二天，辛弃疾在家里想起了前几日的欢愉时刻，万分不舍，于是奋而追之，但是路上雪深泥滑，行至鹭鸶林便再也追不动了。辛弃疾怅惘失落，只得投宿于吴氏泉湖四望楼，思友心切的他，赋一曲《贺新郎》以解相思之意：

> 陈同父自东阳来过余，留十日，与之同游鹅湖，且会朱晦庵于紫溪，不至，飘然东归。既别之明日，余意中殊恋恋，复欲追路。至鹭鸶林，则雪深泥滑，不得前矣。独饮方村，怅然久之，颇恨挽留之不遂也。夜半投宿吴氏泉湖四望楼，闻邻笛悲甚，为赋《乳燕飞》以见意。又五日，同父书来索词，心所同然者如此，可发千里一笑。

> 把酒长亭说。看渊明风流酷似，卧龙诸葛。何处飞来林间鹊，蹙踏松梢残雪。要破帽多添华发。剩水残山无态度，被疏梅料理成风月。两三雁，也萧瑟。　佳人重约还轻别。怅清江天寒不渡，水深冰合。路断车轮生四角，此地行人销骨。问谁使君来愁绝？铸就而今相思错，料当初费尽人间铁。长夜笛，莫吹裂。

这首词不单单表达了对友人的极度思念，剩水残山、疏梅萧瑟等破败意象亦夹杂其中，隐含了词人对破碎山河的担忧与重整旧山河的壮志。当辛弃疾思友心切，追之不得时，陈亮同样在思念他，所以致书索词，也就是辛弃疾在小序中所说"心所同然者如此，可发千里一笑"。当我得知我在思念你时，你也在思念我，我想，这足以安慰我相思之苦了。对于辛弃疾的情意，陈亮心领神会，与之投契，遂和《贺新郎》以同韵词回赠：

老去凭谁说？看几番、神奇臭腐，夏裘冬葛。父老长安今余几？后死无仇可雪。犹未燥、当时生发！二十五弦多少恨，算世间，那有平分月！胡妇弄，汉宫瑟。

树犹如此堪重别！只使君、从来与我，话头多合。行矣置之无足问，谁换妍皮痴骨？但莫使、伯牙弦绝。九转丹砂牢拾取，管精金、只是寻常铁。龙共虎，应声裂。

陈亮能切身体会朋友对老去的慨叹，因为自己亦然。生于乱世，本就不易，欲在乱世中建立一番事业，又谈何容易，但如果我们对南北分裂的态势坐视不管，只求苟全性命，那光复中原的愿望便永无实现之日。一想到这些，我的心就钝痛难忍。这次相会快乐但匆匆，是因为我们有更重要的事情要做，时不我待，要抓住一切时机收复失地啊。此词寄给辛弃疾后,辛弃疾亦回赠,多次回环往复,二人的感情更加深厚,志向也更加坚定,而这一系列酬赠之作皆属上乘,留传后世。

辛、陈二人同为抗金主战派,同仇敌忾,欲光复中原,但南宋小朝廷苟安一隅,软弱不堪,朝廷中尸位素餐的人居多,这两位刚健豪迈的英雄屡遭排挤与陷害。在山河破碎的时代背景下,两人的交游更显悲壮,但因彼此的唱和酬赠又添几分美感。

1193年,已经处于天命之年的陈亮终于及第授官。然天有不测风云,他未到任便驾鹤西去,尚沉浸于友人得官之喜中的辛弃疾闻此噩耗,椎心泣血,遂以祭文悼念亡友,即《祭陈同父文》:

呜呼!同父文才磊落,落笔即成千言。文风俊逸雄伟,似明珠坚玉。他人文思枯竭时,同父文思泉涌。即便是庄周李白,也不敢在同父之前执鞭。同父怀抱远大的志向,瞬时横扫千万平庸之人,如同少年时的张横渠,慷慨愤然静待时机。计划率领十万精兵强将,似霍去病征讨匈奴、登顶狼居胥山那般建功立业。至于臧宫、马援等人,只算得上同父的随从。同父生来就天赋异禀、智略超群,议论起时事如疾风骤雨,畅快淋漓，若早日得知遇之幸，岂会愧于贤相伊尹？他年至五十，仍是布衣身份。不经意间显露的才能与豪情壮志，实在是喷薄而出洋溢四方。要说起他厌弃的事情，是那人人谈之而不为世用的大道理。如果他能够收敛自己狂放不羁的个性，规范自己的言行举止，那么其他人能达到的境地，同父当然亦能达到。他曾上奏的议论，直到现在人人还在传诵。若世间无杨得意，谁来举荐司马相如？同父一路走来历经千辛万苦，时常如履薄冰，世人皆欲杀之，唯我怜惜他的文才与豪情。后来他摆脱了牢狱之灾，从众士之中脱颖而出，他的壮志忠心即将彰显，声名也将被弘扬。到这个时候世上还未认识同父的人，也会认定他是一代伟人了。

呜呼！人才怀才不遇，自古以来都在发生，问题不在于缺少贤人，而在于君王不任用贤才。如果乖崖公张咏遇不到贤明的君主，岂能有征吴入蜀的功绩？先前落魄的张齐贤也不会在太原一战中受到重用。当同父寓居一隅时，谁人不叹息当权者握怀美玉而不示人呢？如今同父在朝堂上言论激昂，令天子赫然震惊，推之为第一，不用再忧虑不被重用了。依同父的磊落文才与豪情壮志，天底下没什么事情做不成，但他不能掌控的事情，是上天吝惜给他寿命啊！

先前我们俩在闽浙两地相互遥望，音书不绝。可你因何一病不起，匆匆离我而去！呜呼同父，你就此离开了吗？

自此以后，我想与你在鹅湖清阴下休憩，共饮瓢泉水，酬赠唱和，共谈世事，还能实现吗？我远在千里之外，将悲伤哀痛揉进文辞之中，我知道再怎么伤心你都不会回来了，但泪水止不住。呜呼同父，也许你能够降临世间来观看吧？

这是辛弃疾寄出的一封特殊的信。追忆往昔，辛弃疾感念友人天赋异禀，智略超群，然仕途多蹇，怀抱了一生的志愿未展即卒，他将自己的一生献给了这个时代，却被时代辜负了。同年，辛弃疾罢官返回上饶。

【书信原文一】

亮空闲没可做时，每念临安相聚之适，而一别遽❶如许，云、泥异路又如许。本不欲以书自通，非敢自外，亦其势然耳。前年陈咏秀才强使作书，既而一朋友又强作书，皆不知达否？不但久违无以慰相思也。去年东阳一宗子来自玉山，具说辱见问甚详，且言欲幸临教之。孤陋日久，闻此不觉起立。虽未必真行，然此意亦非今之诸君子所能发也。感甚不可言。即日春事强半❷，伏惟燕处自适，天人交相，台候万福。

亮顽钝浸已老矣，面目稜层，气象凋落，平生所谓学者又皆扫荡无余，但时见故旧则能大笑而已。其为无足赖，晓然甚明，真不足置齿牙者。独念世道日以艰难，识此香气者，不但人摧败之，天亦僵仆之殆尽。四海所系望者，东序惟元晦，西序惟公与子师耳。又觉戞戞然若不相入，甚思无个伯恭在中间捆就❸也。天地阴阳之运，阖辟往来之机，患人无毒眼精硬肩胛头耳。长江大河一泻千里，不足多怪也。

前年曾访子师于和平山间，今亦甚念走上饶，因入崇安。但既作百姓，当此田蚕时节，只得那过秋杪。如闻作室甚宏丽，传到《上梁文》，可想而知也。见元晦说曾入去看，以为耳目所未曾睹，此老言必不妄。去年亮亦起数间，大有鹪鹩肖鲲鹏之意，较短量长，未堪奴仆命也。又闻往往寄词与钱仲耕，岂不能以一纸见分乎？

偶有端便，因作此问起居，且询前书达否。此使一去不回，能寻便以一二字见及，甚幸。余惟崇护茵鼎❹，大摅❺所蕴，以决天下大计为祷！

【注释】

❶遽：匆忙、即刻。

❷强半：过半。

❸挼（ruán）就：这里指调和、协调。

❹茵鼎：这里指日常的起居饮食。

❺摅（shū）：抒发、吐露（思想或情感）。

【书信原文二】

呜呼！同父之才，落笔千言。俊丽雄伟，珠明玉坚。人方窘步，我则沛然。庄周、李白，庸敢先鞭！同父之志，平盖万夫。横渠❶少日，慷慨是须。拟将十万，登封狼胥。彼臧马❷辈，殆其庸奴。天于同父，既丰厥禀：智略横生，议论风凛。使之早遇，岂愧衡伊❸？行年五十，犹一布衣。间以才豪，跌宕四出。要其所厌，千人一律。不然少贬，动顾规检。夫人能之，同父非短。至今海内，称诵三书❹。世无杨意，孰主相如？中更险困，如履冰崖，人皆欲杀，我独怜才。脱廷尉系，先多士鸣，耿耿未阻，厥声浸宏。盖至是而世之未知同父者，益信其为天下之伟人矣！

呜呼！人才之难，自古而然，匪难其人，抑难其天。使乖崖公而不遇，安得征吴入蜀之休绩?太原决胜,即异时落魄之齐贤。方同父之约处,孰不望夫上之人,谓握瑜而不宣?今同父发策大廷,天子亲置之第一,是不忧其不用。以同父之才与志,天下之事,孰不可为?所不能自为者,天靳之年!

闽浙相望,信问未绝。子胡一病,遽与我诀!呜呼同父,而止是耶?

而今而后,欲与同父憩鹅湖之清阴,酌瓢泉而共饮,长歌相答,极论世事,可复得邪?千里寓辞,知悲之无益,而涕不能已。呜呼同父,尚或临监之否?

【注释】

❶横渠:即北宋理学家张载,世称"横渠先生"。

❷臧马:臧,指东汉名将臧宫;马,指东汉名将马援。两人均立下赫赫战功。

❸衡伊:指商汤时的贤相伊尹,汤称"阿衡",后人称之"衡伊"。

❹三书:陈亮曾连上三封奏章主战抗金。

明清

患难方可见真情

唐寅 《与文徵明书》
别人笑我太疯癫,我笑别人看不穿

1470年,万象更新,草木萌发。在早春来临之际,苏州唐家已经张灯结彩,喜气洋洋了。他们满心欢喜、翘首以盼的,是即将降临在这座宅子的新生命。终于,婴儿顺利诞生,因为生于庚寅虎年,大人们给他取名唐寅,字伯虎,后改子畏。岁末,万木凋零,霜满大地。在新的一年到来之前,又一婴儿诞生于苏州一户官宦人家,这个孩子名叫文徵明,和唐寅一样,备受家人疼爱,尤其受到父亲文林的爱护。十五年后,唐寅和文徵明相遇相知,并结为好友,唐寅也因此得到文父提点。

唐寅祖上多武将,先祖唐俭征战四方,封"莒(jǔ)国公",雄姿飒爽的豪侠气质贯穿唐氏血脉,自然也影响到了唐寅,他生来疏狂放荡,聪慧异常,亦敏感多情。唐寅的父亲在闹市中经营着一间商铺,卖酒持家,虽然自己未入仕途,但是他对儿子读书做官、光耀门楣充满了期待。所以唐寅虽生长于市肆间,父亲仍十分重视他的教育,花重金为他聘请塾师。文徵明曾这样描述唐寅的成长环境:"君家在皋桥,喧阗(tián)井市区。何以掩市声,充楼古今书。"市井喧嚣,好在有诗书相伴。后来唐寅慢慢长大,凭借才学名动江南,与文徵明、祝允明、徐祯卿并称"吴中四才子",且位列才子之首。

唐寅二十多岁时,父母、妻及子接连亡故。世间至亲相继逝去,唐寅对此毫无防备,也不知该如何应对,他的精神受到了巨大冲击,人也变得一蹶不振。看他日子过得浑浑噩噩,毫无生气,文徵明心急如焚,遂作《简子畏》劝诫好友不要自我放弃,要珍惜自己的才华:

> 落魄迂疏不事家,郎君性气属豪华。
> 高楼大叫秋觞月,深幄微酣夜拥花。
> 坐令端人疑阮籍,未宜文士目刘叉。
> 只应郡郭声名在,门外时停长者车。

文徵明清楚唐寅的内心承受着巨大创伤,却也不忍心看他不问家事，自我堕落，所以作此诗安慰并警醒好友，后来祝允明也前去劝慰，唐寅这才大梦初醒。他回想起父亲生前的殷切期盼："此儿必成名，殆难成家乎？"再加上自己饱读圣贤之书，入仕为官是刻入骨髓的追求。于是唐寅重拾书卷，日夜勤读，还写诗自勉："夭寿不疑天，功名须壮时。"

1498年，唐寅前往应天府（今江苏南京）参加乡试，好友文徵明与之同行。这是唐寅初次参加科考，皇天不负有心人，他高中榜首，夺得解元。一举夺魁使得本就自负的唐寅更加狂傲，对于明年的会试，他胜券在握。另一边，文徵明的心里却深感失落与挫败，他此前落榜过一次，这次依旧没遂心愿。文父收到儿子落榜的消息，心态一如既往地平和，他写信安慰自己的孩子："子畏之才宜发解，然其人轻浮，恐终无成，吾儿他日远到，非所及也。"文林之言，看似偏颇，却发自肺腑。

1499年，唐寅赴京赶考。造化弄人，唐寅迎来的不是"春风得意马蹄疾"的狂喜，而是使他人生后半程急转直下的奇耻大辱——受富家子弟徐经"科场舞弊案"的牵连下狱，后被贬黜为小吏。离家时，唐寅信心满怀，欲登青天，却无奈被命运拖拽着坠入深渊。骄傲的唐寅拒任小吏，落寞归家。

殊不知，真正的苦难才刚刚开始。唐寅到家以后，第一次见识到了人性的残酷：自己从令人称羡的才子沦为人所不齿的小人，第二任妻子也与他反目成仇。对于唐寅来说，人生前三十载遇到的所有温柔可亲的人和事都如大梦一场，他万念俱灰，亦无可奈何。后来在文徵明等友人的宽慰下，唐寅决定远游以排郁愤之气。临出发前，他写信给最为信赖的朋友文徵明，将放心不下的胞弟托付于他。在信中，唐寅一改往日的佯狂姿态，将自己不露于世的不堪与凄楚全都袒露出来，在某种程度上，他是勇敢的，也是决绝的：

唐寅奉告徵明君卿。我曾经听说，不停地叹息抵得上哭一场，沉痛文言犹比深深的哀伤。因此孟姜女在室内悲伤哀叹，坚不可摧的长城竟因此崩塌倾倒，荆轲在朝堂之上痛批国政大事，就有壮士投递刺杀秦王的利剑，这是因为情之所至，木石也会为之动容，若事情到了危急时刻，生命也可置之度外。过去每次议论到这里，我就会放下书哀叹不已，不料如今我身上就发生了这样的事情。悲哀啊悲哀！这也是我的命啊！低头沉思，距离死期不远了，不禁失声痛哭，自觉卑微无助，只能与鸟兽为伍。而我的好友仍以英雄的标准来期盼我，忘记我罪名累累，只是殷切地教诲督促，竭尽平生胸怀。然而我却无法给予回报，这就好比司马迁的鸿鹄之志，不被任安知晓，也如同李陵的内心，得不到苏武的理解一样。

　　回忆起我的少年时期，寄身于屠夫酒家之中，生长于刀光剑影之下。后来得到你的奖掖提携，在世间上下摸索前进，这一切都是为了借助功名立于世。但是人生不幸发生变故，哀情祸事接踵而来，父母妻子，相继离世，只留下嗷嗷待哺的幼子。加上我一向放浪怠惰，不理家事，家里有什么缺什么，都只在谈笑间一闪而过。即便如此，家中仍旧笙歌不辍，宾朋满座，我也还能慷慨允诺，接济旁人于危难之中。我曾自称是黎民百姓中的豪侠之士，暗自敬佩鲁仲连和朱家这样的豪杰，认为他们的言论足够抵抗世俗，施舍些许恩惠就足够庇护世人。我愿意托身为两人家中一小卒，来悼念世间不再出现这样的人。我家里逐渐荒芜衰败，外出乘坐柴车，衣衫渐渐破烂不堪。幸好还有好友的资助，乡亲的赞誉，公卿的吹嘘，我就像枯木逢春，白骨生肉，谬得小名，还位居东南名士之上。记得有段时间，我与缙绅交游来往，举手庆贺，他们都说我文笔纵横天下，言论往往能引领风向。恨不得将一片舌头变成两片来称赞我，满口赞誉之词。哪里知道墙很高但地基没有筑牢，于是酿成祸患。身旁有人斜眼看我，而我丝毫不觉，只是从容谈笑，不知危在虎口。庭院里没有繁茂的桑树，小人罗织的罪名却像千百匹锦缎一样飘然而至；散布谗言的舌头长达万丈，一封封急报的奏章飞向朝堂。最终龙颜震怒，下诏逮捕我入狱。枷锁在身，狱卒小吏凶猛如虎，我只得叩头作揖，涕泗横流。这就如同火烧昆仑山，随后玉石俱焚。下游之地实在难处，丑恶罪孽都汇集一身。丝线能织成罗网，狼群聚集就会吃人；锲而不舍的话，马尾都能切割白玉；谣言散布儿子杀人，传播久了就会动摇慈母对儿子的信任。天底下都认为我唐寅是不齿之士，紧握拳头放开胆子，像对待仇敌那样对待我。知道的和不知道的人，都指着我吐唾沫，这实在是羞辱得太厉害了！在李子树下整理衣冠，在饭甑中拾捡黑点，即使我不机警聪敏，也知道是有罪的。当权者可怜我的困窘处境，按照旧章程，让我担任地方官的随从，为的是让我将功补过，循规蹈矩挣点衣食。但需要一副谄媚之态，经常点头哈腰变换脸色。与其这样苟活受辱，还不如杀了我。

　　唉，我的好友！你我同心至今已有十五年

了，从儿时直至今日，肝胆相照，在明处何曾辜负过朋友？在暗处何曾惧怕过鬼神？我的这次经历，使我悲惨万分，面目全非，羞愧不已。衣衫破皱，鞋子破损却没有人缝补，奴仆书童坐于书案前却不听任用，夫妻反目成了仇敌。以前那条凶猛的狗，见我进门竟然要咬我；回看室内，瓶瓶罐罐残破不堪。除了一些衣服鞋子，没有多余的家当。西风吹得枯叶簌簌作响，满眼萧瑟，剩我一个羁旅人空自哀叹，茫茫然不知前路在何方。计划着春天捡拾桑葚，秋来采摘橡实，如果还不够，就到寺院去化点吃的。一天里希望能有一餐，实在不敢想晚上能吃什么。呜呼！即便这样，也没有抱石就木而自我了断，实在是因为郁积太多遗憾和怨怼了。我自知柔筋脆骨，无法披坚执锐，不能挥舞荆吴利刃像剑客大侠那般独当一面，为国捐躯，从而彪炳史册。我只是一个微不足道的舞文弄墨、吟诗作画的文人，即便有志于经世济民，却不幸遭逢厄运，田地里没什么收成，灾祸像是与生命约好了，惨遭诽谤诋毁。所犯的罪行很重，所受的责罚很轻，我已经感到庆幸了。

　　我暗自观阅古人：墨翟被拘押囚禁，于是提出了薄葬的主张；孙子被陷害而砍去双足，写出了《孙子兵法》；司马迁惨遭宫刑，写就了巨著《史记》；贾谊被贬谪到长沙以后，文辞变得更加卓越。我不自量力，期望自己能够追随他们的遗风，从而符合孔子所说的"不因这个人有缺点而不采纳他的正确言论"。我也要收集编撰前代佳文，总结概括前人经验，记叙论述十经，钻研其深邃奥妙之处，最终汇集形成自己的学说。让它们被传给喜欢的人，托藏于深山峡谷之中，即便我离开世间，也会有不惧鲍鱼之臭的人将它代代相传，孜孜不倦地探寻它的旨义，他们必定会饮酒作乐，击缶高歌而尽享欢愉。悲哀啊，我的好友！大丈夫一生功过是非盖棺才会定论，就像张仪一样，舌头还在，那就还有希望。

我素来崇尚侠义，但是达不到侠士们的德行高度，想要一展谋略，奈何修为不够，功业已经荒废，如果不依托文笔书札来实现自我，成就将如何达成呢？就好像蜉蝣一般，因外在的羽衣鲜亮，即使活不长久，也被人们怜惜。待我有朝一日完成心愿，就到地下去面见先君子，使后人也知道曾有个人叫唐寅。岁月短暂，人的寿命如同飞霜，怎么能在尘世中自甘堕落，弯腰低眉，苟且偷生，让朋友议论我生存于世都干了什么？让后人谈论唐生一生有什么追求？我向来轻视富贵如飞毛，现在倘若这样忍辱苟活，是失信于朋友。寒暑季节更替变迁，有裘衣葛衣可以为继。吃饱了则安然处之，饥饿了就去乞食，这样难道不好吗？黄鹄高飞，骅骝腾跃，我的朋友怎么会忧虑我只是贪恋栈豆或者只是恐吓一下腐鼠啊？

除了上面这些，其他没什么话可说了，但我的弟弟赢弱不堪，不能自立门户，没有伯伯叔叔可以依傍，衣物食品都已断绝，迟早会饿死。我平日里交往的那些人都不讲义气。希望您给他点残羹冷炙，使唐氏不至于断绝后代。那么我这草芥之躯，就心满意足了！还能奢求什么呢？只希望您能明白我的心意。

生离死别、理想幻灭、人情淡漠带来的痛苦，唐寅一一经历，他急需一个出口消解掉内心苦痛。于是唐寅离开家乡，放浪形骸，希望在登山临水的过程中重建心志。然而，创伤或许会在日复一日中被裹上厚厚的茧子，变得难以触碰，但它不会消失，唐寅再也拾不回当年的风云之志，不过幸好练就了"平和"的心态。

一两年后，唐寅重返家乡，卖画为生，兜兜转转，终是没有实现父亲的遗愿。仕宦之门敞开也好，紧闭也罢，再与唐寅无关，因为他已经绝意功名，整日流连于美人花酒丛中。作为朋友的文徵明对于唐寅的风流荒诞无法坐视不管，于是作诗警醒朋友：

皋桥南畔唐居士，一榻秋风拥病眠。
用世已销横槊气，谋身未办买山钱。
镜中顾影鸾空舞，枥下长鸣骥自怜。
正是忆君无奈冷，萧然寒雨落窗前。

唐寅与文徵明是相识于年少的好朋友，虽然他们的性格特质与行事方式大相径庭，不过这丝毫不影响两人长久以来的笃厚交情。不同于唐寅的疏狂傲诞，文徵明儒雅忠厚，慎独慎微，他怜惜唐寅的艰难处境，也不能坐视唐寅在酒色间自我放逐。文徵明作此诗，对唐寅彼时近乎疯狂的生活方式表达了深深的担忧，希望朋友迷途知返，早日回到正常的生活轨道上来。然而此举并未起到太大作用，唐寅仍不听劝阻，一意孤行，甚至对好友的苦口婆心产生了反感。文徵明却顾不得对方怎样看待自己，哪怕招致对方的厌烦，他仍继续写信规劝。该信虽未流传下来，但是我们可以从唐寅后来所作的《答文徵明书》中反推一二。唐寅答复时情绪高亢，言辞激烈，自述与文徵明性情旨趣相背，似有决裂之意。或许是文徵明的劝诫言辞太过犀利，或许他在去信中责备甚至嘲讽了唐寅的生活状态，也或许文徵明一而再地劝说激怒了唐寅，总之两人的关系产生了裂痕。

1523年，文徵明终于在京城谋得一职，他在春暖花开时启程赴京。是年寒冬，唐寅卒于家中，行将就木时，他写下："生在阳间有散场，死归地府又何妨。阳间地府俱形似，只当漂流在异乡。"科场案是唐寅人生的转折点，他因科场案遭人唾骂，不得已丢弃理想，自此流连尘世。于唐伯虎而言，人间与地府都一样，死亡只不过是换个漂泊的地方罢了。

文徵明漫长的一生亦与科考牵连不清，他二十六岁初次参加科考，一考便是二十七年，直到五十三岁都没有考中。文林曾鼓励自己的儿子："儿幸晚成，无害也。"一语成谶。除了仕途失意，文徵明这一生，并没有太多的缺憾。如果说温良忠厚是文徵明身上最为宝贵的品质，那么真诚与坦率则在唐寅身上熠熠闪光，唐寅在稍显仓促的人生旅程中，总是真诚地面对自己的内心，坦率地追求自己想要的。他生性如此，若违背本心，谨言慎行，这个世界可能也不会因此有所改变，但对于唐寅这一个体来说，这一生难免过得遗憾。

唐寅长埋地下，文徵明再无机会寄信与他，但唐寅从未远离，只是换了一种方式存在于文徵明的生活中——文徵明酷爱书画，造诣颇深，他在大量书画题跋中，记录自己与唐寅早年间交往的点点滴滴，"书此，如见其人也"。

【书信原文】

　　寅白，徵明君卿。窃尝闻之，累吁可以当泣，痛言可以譬哀。故姜氏叹于室，而坚城为之隳堞，荆轲议于朝，而壮士为之征剑，良以情之所感，木石动容，而事之所激，生有不顾也。昔每论此，废书而叹，不意今者，事集于仆。哀哉！哀哉！此亦命矣。俯首自分，死丧无日，括囊❶泣血，群于鸟兽。而吾卿犹以英雄期仆，忘其罪累，殷勤教督，謦竭怀素，缺然不报，是马迁之志，不达于任侯；少卿之心，不信于苏季也。

　　计仆少年，居身屠酤，鼓刀涤血。获奉吾卿周旋，颉颃❷婆娑，皆欲以功名命世。不幸多故，哀乱相寻，父母妻子，蹑踵而没，丧车屡驾，黄口嗷嗷。加仆之跌宕无羁，不问生产，何有何亡，付之谈笑。鸣琴在室，坐客常满，而亦能慷慨然诺，周人之急。尝自谓布衣之侠，私甚厚鲁连先生与朱家二人，为其言足以抗世，而惠足以庇人，愿贵门下一卒，而悼世之不尝此士也。芜秽日积，门户衰废，柴车索带，遂及蓝缕。犹幸藉朋友之资，乡曲之誉，公卿吹嘘，援枯就生，起骨加肉，猥以微名冒东南文士之上。方斯时也，荐绅交游，举手相庆，将谓仆滥文笔之纵横，执谈论之户辙，岐舌而赞，并口而称，墙高基下，遂为祸的。侧目在旁，而仆不知，从容晏笑，已在虎口。庭无繁桑，贝锦百匹。谗舌万丈，飞章交加。至于天子震赫，召捕诏狱。身贯三木，卒吏如虎，举头抢地，涕泗横集。而后昆山焚，玉石皆毁。下流难处，众恶所归。织丝成网罗，狼众乃食人，马氂切白玉，三言变慈母。海内遂以寅为不齿之士，握拳张胆，若赴仇敌。知与不知，毕指而唾，辱亦甚矣。整冠李下，掇墨瓿中，仆虽聋盲，亦知罪也。当衡者哀怜其穷，点捡旧章，责为部邮，将使积劳补过，循资干禄。而簠簋戚施③，俯仰异态。士也可杀，不能再辱。

嗟乎吾卿！仆幸同心于执事者，于兹十五年矣，锦带悬髦，迨于今日。沥胆濯肝，明何尝负朋友，幽何尝畏鬼神。兹所经由，惨毒万状，眉目改观，愧色满面。衣敝不可伸，履决不可纳，僮奴据案，夫妻反目。旧有狞狗④，当门而噬；反视室中，瓴甋破缺。衣履之外，靡有长物。西风鸣枯，萧然羁客，嗟嗟咄咄，计无所出。将春掇桑椹，秋有橡实，余者不造，则寄口浮屠。日顾一餐，盖不谋其夕也。吁欷乎哉！如此而不自引决，抱石就木者，良自怨恨。筋骨柔脆，不能挽强执锐，揽荆吴之士，剑客大侠，独当一队，为国家出死命，使功劳可以纪录。乃徒以区区研摩刻削之材，而欲周济世间，又遭不幸，原田无岁，祸与命期，抱毁负谤。罪大罚小，不胜其贺矣。

窃窥古人，墨翟拘囚，乃有"薄丧"；孙子失足，爰著《兵法》；马迁腐戮，《史记》百篇；贾生流放，文词卓荦。不自揆测，愿丽其后，以合孔氏不以人废言之志。亦将概括旧闻，总疏百氏，叙述十经，翱翔蕴奥，以成一家之言。传之好事，托之高山，没身而后，有甘鲍鱼之腥，而忘其臭者，传诵其言，探察其心，必将为之抚缶命酒，击节而歌呜呜也。嗟哉吾卿！男子阖棺事始定，视吾舌存否也！

仆素佚侠，不能及德，欲振谋低昂，功且废矣。若不托笔札以自见，将何成哉！譬若蜉蝣，衣裳楚楚，身虽不久，为人所怜。仆一日得完首领，就柏下见先君子，使后世亦知有唐生者。岁月不久，人命飞霜，何能自戮尘中，屈身低眉，以窃衣食，使朋友谓仆何？使后世谓唐生何？素自轻富贵犹飞毛，今日若此，是不信于朋友也。

寒暑代迁，裘葛可继。饱则夷游，饥乃乞食，岂不伟哉！黄鹄举矣！骅骝奋矣！吾卿岂忧恋栈豆、吓腐鼠耶？

此外无他谈，但吾弟弱，不任门户，傍无伯叔，衣食空绝，必为流莩。仆素论交者，皆负节义，幸捐狗马余食，使不绝唐氏之祀。则区区之怀，安矣乐矣！尚复何哉！惟吾卿察之矣！

【注释】

❶括囊：原指束闭口袋。这里指闭口不言。

❷颉颃（xié háng）：指鸟上下翻飞的样子。

❸籧（qú）篨戚施：比喻看人脸色行事、巴结奉承的人。

❹狞狗：指凶猛的狗。

黄道周 《狱中答霞客书》
十洲五岳齐挥泪，屐齿无因共数峰

1628年春，旅行家徐霞客开启了第三次入闽之游。拜访族叔徐日升后，他一刻不耽搁，立即前去拜访闽地名儒黄道周。此时黄道周正居母丧，徐霞客便不远万里，徒步至漳浦（今属福建）北山，在道周母墓旁与之相见。这是徐、黄二人的初见，许是此前已互闻且神交很久了，不然怎会一见倾心，话语投契，以至秉烛夜谈，似乎要把前半生没有机会说的话一口气说完。碍于黄道周守孝期有笔墨之戒，这次见面他们没有诗文酬赠，但是相知相契的两人知道，今后一定还有机会。

徐、黄二人同生于大厦将倾、风雨欲来的明朝末年，但他们选择了两条完全不同的人生道路。徐霞客，名弘祖，字振之，生于书香门第，自小饱读诗书，却对科举入仕毫无兴趣，志在游历四方，终身不仕。自二十二岁起，徐霞客绝大多数时间都在路上，过着一种草行露宿的生活，他游历四方不是兴致所致，也不单为寻幽探胜，而是将其作为自己毕生的事业，以脚步丈量祖国的壮美河山，努力探寻自然界的奥秘，用科学的方法寻找山脉、河流、地质、地貌等不为人所发现的规律，最终著书立说。徐霞客做到了"读万卷书，行万里路"，他完整地体验并拥有了诗与远方。

黄道周，字幼平，号石斋，他饱读诗书，学贯古今，后科考取第，入仕为官。晚明时期云谲波诡，忧患丛生，黄道周忧心家国，心怀百姓，所以在守丧期满后，立即复官还京。他行舟至毗陵（今江苏常州）时，忆起昔日好友郑鄤（màn）获罪罢职，闲居此地，便泊船上岸，与故交相谈数日后，继续北上进京。巧的是，同一时段徐霞客也前来拜访郑鄤，遗憾的是，徐、黄二人擦身而过。徐霞客落脚此地，听闻黄道周刚走，便携舟于水路一路直追，直至丹阳终于追上。两人异地会面，喜不自胜，把酒言欢。黄道周感念徐霞客曾经"万里造膝"，如今又不辞辛劳前来相见，况且还读了徐霞客视如珍宝的游记散稿，心里激动又感动，欣然提笔写下《题徐霞客〈纪游〉急就章》，开篇："天下骏马骑不得，风鬐雪尾走白日。天下畸人癖爱山，负铛泻汗煮白石。江阴徐君杖履雄，自表五岳之霞客。"诗中盛赞朋友做的是功在千秋的雄伟事业，也对朋友行路的艰辛表示了担忧与关心。别时容易见时难，两个人山一程、水一程地话别，不知不觉到了镇江，又一起游赏了金山与焦山，这才分别。

1632年正月，黄道周因言获罪，被贬出朝堂。此时的明王朝如一列残破不堪的老火车，艰难行进，摇摇晃晃。明见千里如黄道周，他怎会不知以个人之力，仅能做一些修修补补的工作，根本不足以让这列火车变轨，但作为有志之士，他不忍心独善其身，弃生民于不顾，于是直言进谏，议论国事，最终触怒了崇祯帝。在朝廷已无立足之地的黄道周，虽郁愤难解，也只得收拾行囊，南归故里。正游历河山的徐霞客闻得好友归乡的消息，再次跋山涉水来看望黄道周。这时已经是秋天了，秋风萧瑟，草木摇落，一如黄道周伤感的内心。虽不曾在朝为官，但徐霞客懂得朋友的落寞与悲愤，他担心激愤的情绪会损伤黄道周的身体，便另起话题，邀他一同享受清风明月，其间还请黄道周赋诗一首。在两人来回谦让之下，徐霞客先提笔写成五首五言诗，题为《赋得孤云独往还》，下面仅选录其中两首：

其一

秋空净无极,兀兀片云孤。不与风同驶,遥令雨自苏。

卷舒如有约,尺寸岂随肤。我欲神相倚,从之径转无。

其五

舒卷有妙理,谁云倦始还。垂天宁幻态,触石岂无关。

神远群俱涣,情空迹自闲。始知能体物,造化掌中删。

徐霞客的诗才,和他的性情一样,高逸邈远,万物皆与之融为一体。黄道周见此妙言佳句,心情大好,还为其诗作跋:"壬申秋,同徐振之泛舟洞庭,还宿楞伽山。"又以五首同韵诗回赠,题为《和振之先生原韵》,下面仅选录其中两首:

其四

虚逃无所往,白醉此徜徉。古迹有代谢,时人空短长。

同心宜送远,得句偶难忘。昨夜蒹葭月,又涵霜雾章。

其五

何处不仙峤,长游已大还。猿鱼新换径,虎豹久迷关。

天纵几人逸,生扶半世闲。楞伽言语外,别寄与谁删?

徐霞客见之,百感交集,当下的相聚自然欢愉,但不久又要分别,不知何时才能与石斋兄畅游四方,久久为伴啊。闻此叹息,黄道周悲从中来,无言以对,只是默默将两人唱和的十首诗整理并誊抄下来,留作纪念。不久,黄道周被朝廷重新起用,二人互道珍重之后,徐霞客也继续上路,独自奔往下一站,两人只能在动荡混乱的岁月中互相挂念,遥相做伴。

一晃几年过去,岁月催人老,也在一遍遍催促徐霞客,再不踏上游西南的路程,就来不及了,可他仍惦念着与黄道周同游四方的心愿,在游记中写道:"欲候黄石斋先生一晤,而石翁杳无音至。"徐霞客的心能飘游上下四方,无所不至,却不能到达黄道周所在的地方,也等不来其一纸音书。虽然觉得遗憾,但还是要上路了,行路中,徐霞客仍不忘四处打听朋友的消息,路遇美丽的景色总是想,值此良辰美景,若有石斋兄做伴,该是多好啊。

谁也没想到,这竟是旅行家徐霞客此生最后一次出游，这一路上，遇强盗、丢钱财都没有打垮他，染疾却是致命一击。所幸在云南时，徐霞客遇到了木增土司，在他的帮助下最终返回家乡，只是他的病情依旧不见好转。祸不单行，另一件令他心痛的消息传来："黄道周因言获罪，被处以杖刑，囚于狱中。"这显然不是徐霞客翘首以盼的消息，但是现在自己卧病在床，再不能亲自前往看望朋友，心生悲哀，赶忙令长子徐屺携游记手稿和寒衣前去京城。

遭受残酷杖刑的黄道周，此刻一副身心俱损的样貌，双股间也看不到完整的皮肤了。看到徐霞客送来的游记文稿，才面露笑意，读罢更是由衷赞叹，又感激又欣赏，遂写《狱中答霞客书》以宽慰好友：

> 自霞客兄遨游祖国河山以来，眼界高远，犹立于山巅俯视吾辈，吾辈真如厨房砧板上摆的鸡鸭啊！丙子年，我亦打算坚决不参与政事。不久后因为敌人入关，逼近京城掳掠，天下人心散乱，我一微贱之辈，却有螳螂那般的狂妄之心，想要与奸佞小人一搏高下，却不得不立即止步，所筹划的事情都背道而驰，又因言获罪，天网之下，乱象丛生；虽然如闲云野鹤般过了几年悠闲日子，没想到一朝坠入大牢。即便是苏门高士，也会闭口不谈，隐士汉阴丈人，在朋友面前谈及

也会伤心欲泪。遭受残酷杖刑之后，我的辛酸苦楚不忍说出；想到我不久将丧命，心中极度悲愁啊。子春下堂时伤了脚，数月未出，麟士替人编制竹帘时被刺伤了手，因父母赐予的身体受损而哭泣，令人悲痛欲绝。现在虽然能渐渐翻身，但要站起来还是做不到。真想和你一起携紫藤，跋涉崇山峻岭，登上华山和嵩山，这还能实现吗？

贤郎不远千里前来探视，甚为感激。中纫兄送来御寒的衣物，表达关怀，我既不忍心谢绝，也不知该如何答谢。霞客兄在千里之外要领受我的谢意，我尚且能自处，其他的未定。因此珍贵的礼物转与你。道周叩首。

在家苦苦等候的徐霞客，终于等来儿子带回的消息。虽然对好友的境况已经有了预判，自己也做了一些心理建设，但亲耳听到黄道周在狱中备受折磨的消息，亲眼看到他字字泣血的手书，徐霞客心如刀割，泪流不止，只能拼命地捶打床沿，他的病情也随之加重，最后郁郁而死。在狱中的黄道周知悉好友病逝，钝痛难言，寄信给其子徐屺，信曰："死生不易，割肝相示者，独有尊公。"

徐、黄两人最后一次分别时，心里还留存美好的心愿，期待下一次相见，然而相偕泛游山川的约定终成空。

【书信原文】

霞客兄翱翔以来,俯视吾辈,真鸡鹜❶之在庖俎矣!丙子岁,弟亦坚拟不出山。既而以虏薄都城,众志悠忽,蛙螳痴心,欲搏空中厨,旋收急流之步,而事数乖驰,语出得咎,网罗四张,云雷叠积;虽复纵壑❷三年,而加赠一日。是苏门高士,所掩口而不谈,汉阴丈人,所班荆而欲泣也。杖下余生,不堪语道;感念墓草,惟有销魂。子春下堂之悲,麟士剉❸帘之涕,兴言发恸。今虽渐能转侧,而起立颓然,欲其共携紫藤,陟峻岭,登华、嵩,岂可得乎?

贤郎远来甚可念。中纫翁重惠寒裘,洽以道意,既不忍辞,何以谢之?兄幸瑶摄,吾尚能来,未为别说。重贶转上。道周顿首。

【注释】

❶鸡鹜:鸡与鸭,指平庸之辈。

❷纵壑:自在云游,随意遨游。

❸剉(cuò):折毁。

纳兰容若 《金缕曲·赠梁汾》
君不见,月如水,共君此夜须沉醉

"我是人间惆怅客""不是人间富贵花"分别出自纳兰容若的两首词,若要更贴合词人孤绝凄美的一生,可改为"自是人间惆怅客,偏生人间富贵花"。纳兰容若是康熙朝权臣纳兰明珠的长子,隶属满洲正黄旗,二十二岁时进士及第,被康熙钦点为三等侍卫,由此成为皇帝的近侍。后容若升一等侍卫,常随驾巡游四方,其间仍开卷勤读、孜孜无怠。

纳兰容若生长于钟鸣鼎食之家,博学多才,以填词见长,但他从不矜功伐能,毫不以身份尊卑取人,为人情深义重。友人梁佩兰称赞他"黄金如土,唯义是赴,见才必怜,见贤必嘉"。当时汉满之见深重,而且文人相轻的风气盛行,可纳兰容若完全摒弃了那些傲慢的习气，无视世俗藩篱，与汉人才子名士诗词酬和，极尽真诚。或亲密往来，或仗义疏财，甚至"生馆死殡"。在这些至交契友中，最为推心置腹的一位，应属江南名士顾贞观，两人相差近二十岁，是师生，更是至交。

要说顾贞观，当真是才华横溢，他年少得名，但未因才高而平步青云，因在官场遭到排挤与构陷，愤而离职。1676年，顾贞观复还京，纳兰明珠看重其才，招进自家做塾师，顾贞观便有了与纳兰容若的第一次相见。彼时顾贞观年已四十，然风度翩翩愈加，神姿英发不减，容若二十有二，青春正当时，两人相见恨晚，遂结为忘年之交。不过容若时任皇帝御前侍卫，常常与帝从游，与知心好友相聚谈心的机会并不多。这位真情至上的贵公子，为表明与朋友终生相知相守的愿望与诚心，写下了《金缕曲》赠与顾贞观，以明心志：

> 我其实是个轻狂的人！命运使然，我出身于世家大族，厕身于京华风尘。若执酒一壶，我必定敬给礼贤下士的平原君，我这般心思，又有谁能感同身受？没有想到的是，我竟遇见了你，并与你引为知己。趁现在青春犹在，年华未去，我们一起打起精神，拭去不必要的泪水，且饮且歌

走向未来。抬头看今夜，月色如水。

　　我们要抓住今夜美好月色，酣饮沉醉，尽情高歌。自古以来，君子坦荡荡，小人长戚戚，君子若遭到小人诋毁，且随他去。人活于世，岁月悠长，这些都无足挂齿，冷眼相看便是！倘若一直纠结这种事，那么人生一开始便是个错误，今后也将在懊恼悔恨中度过。我唯一挂怀的，是与你的友谊，就算前方困难重重，我也想和你一同面对，我们之间的深重情谊，恐怕要延续至下辈子。我给予你的承诺重逾千金，请你千万记得啊！

　　好一通感人至深、情真意笃的自白。与之往来，顾贞观感触最深的便是"于道谊也甚真，特以风雅为性命，朋友为肺腑"。诗词酬和、相交谈心的日子倒也舒心，不过顾贞观一直有个未兑现的承诺压在心底，时常隐隐作痛，这与一位遥远的朋友吴兆骞有关。

　　吴兆骞，字汉槎（chá），号季子，与顾贞观为莫逆之交。顺治年间"丁酉科场案"被举报有舞弊之嫌，经查实后，吴兆骞受牵累被处以流放之罪——于1659年春发放宁古塔。顾、吴两人分别之际，顾贞观曾许下承诺："必归季子。"我一定会设法救你回

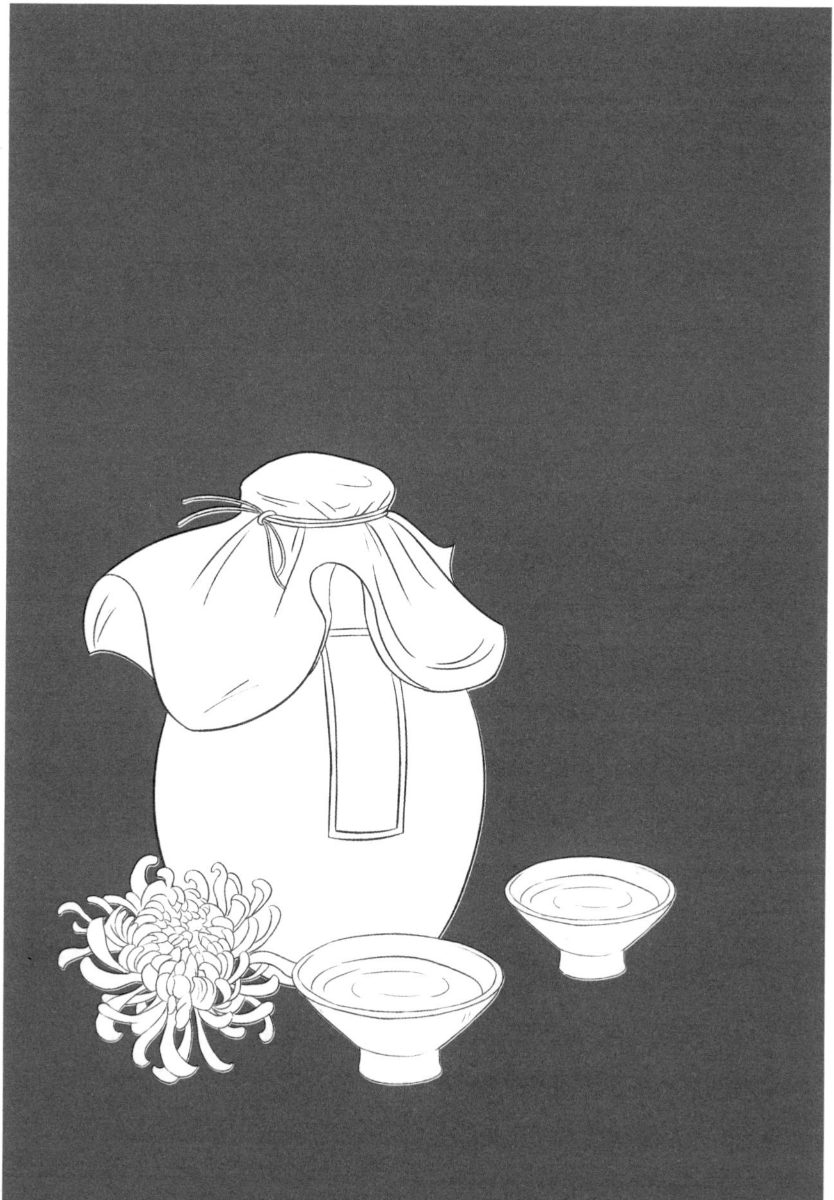

来的，吴兆骞带着好友许下的承诺远去了，口中吟诵着：

> 边楼回首削嶙峋，荜篥喧喧驿骑尘。
> 敢望余生还故国，独怜多难累衰亲。
> 云阴不散黄龙雪，柳色初开紫塞春。
> 姜女石前频驻马，傍关犹是汉家人。

以往吴兆骞对于边塞的印象，来自流传的诗文、他人的描述，甚至是自己的想象，然而真实的边塞远比想象之中来得艰苦。这里北风朔朔，雪花如掌，荒无人烟，唯有天寒与地冻、孤独与冷寂。君子重诺，吴兆骞一去，顾贞观自此踏上了营救朋友的道路，但是当时汉人在清廷中的处境艰难，他在朝中或多方辗转，或静待时机，但是人人皆独善其身，都不愿蹚这潭浑水，最关键的是康熙帝无意免罪。一次次碰壁让顾贞观倍感灰心，而这样蹭蹬（dèng）的陂（pō）陀路，他一走便是二十余载。

此时顾贞观与纳兰容若交好，便将营救朋友一事托于他。然容若深知自己不足以撼动先帝顺治定下的处罚，故委婉回绝。顾贞观再次陷入了迷茫，手里攥着吴兆骞从极寒之地寄来的信，信中字字椎心泣血："塞外苦寒，四时冰雪，鸣镝呼风，哀笳带血，一身飘寄,双鬓渐星。妇复多病,一男两女,藜藿不充,回念老母,茕然在堂,迢递关河,归省无日……"

在一个寒冷的冬夜,顾贞观借居在北京千佛寺,窗外积雪如盖,冷风呼啸,他在屋内点了一盏油灯,心绪被牵引着飘至远方的宁古塔。他想到朋友在流放之地悲戚无依,苦苦等待救援,而自己却在这里束手无策,于心不忍、万念俱灰之下,作《金缕曲》二首以寄之:

寄给远在宁古塔的朋友吴汉槎,我用这两首词代替信札,这时已是丙辰年冬天了,我寓居于京城千佛寺内,屋外风雪交加。

近来你可安好?即便你平安归来,忆起无数沧桑往事,想必也难以承受!旧友渐行渐远,问起你的人寥寥,你只有年迈的母亲、贫寒的家境,以及年幼的孩子了。已经记不得把酒畅谈时的情形了,对那些遭人暗算的事也见怪不怪,正人君子总是输给翻云覆雨的小人。我们与冰天雪地,已经辗转盘旋很久了。

你千万别让眼泪沾湿牛衣,放眼全天下远戍边关之人,能够仍旧和家人相聚的,有几人?和饱受冤屈、痛苦而死的人相比,最起码你还留有一条性命。只是那遥远的极寒之地,寒冷困苦让人难以忍受。你被贬边关二十载，我决心效仿申包胥践行承诺，学习燕丹盼归的坚定意志，使得乌头变白，马儿生角，最终将你营救。我以此词代替信札，望你好好保存。

我客居异乡也很久了。这十多年来，我多方奔走求助，却无奈将你的信任辜负，没能回报你亦师亦友的情分。往昔我与你齐名实为抬举我，且看杜少陵穷困消瘦，为李太白流放夜郎而难减忧愁。现如今，我的夫人与我阴阳相隔，又被迫与知心的你生离，试问这样的人生境遇还不够凄惨吗？我心里有万千怨恨，想——向你倾诉。

君于辛未年出生，我于丁丑年出生，在此时，都遭受过坚冰风霜的摧残折磨，早早成了衰败的蒲柳。朋友啊，劝你日后少作诗与赋，保重好身心，守护好自己的生命。只希望黄河清澈人能长寿。待你归京之时定会匆匆翻找流放时写就的文稿，把这些好生编撰整理以传后世，但也只能落得身后名。想说的话说也说不尽，向你致礼叩首吧。

这两首词写得殷切，抛弃了客套的寒暄，一上来便迫不及待地问候"季子，你还好吗？你是否平安？"顾贞观将对朋友的忧心与挂念，细细研磨并融于墨汁，于一笔一画中消解救之不得的苦痛，但薄薄一纸书信又怎能承载他厚重的情谊。待两词传扬开来，纳兰容若见之，为他不为权势折腰，却为救朋友而屈膝的气节感动，不由泪湿衣衫，曰："河梁生别之诗，山阳死友之传，得此而三。此事三千六百日中，弟当以身任之，不俟兄再嘱也。"他给予顾贞观承诺：当以五年为期，必救回吴季子。

容若知此事仅凭一人之力难以回天，须倚仗其父。后在纳兰明珠的机智斡旋下，多年后的一个秋天，吴兆骞终得生归北京，此时他已阔别京城二十三年之久，有生之年能够回到京城，是吴兆骞不幸中之万幸。但他离开太久了，朔风酷雪宁古塔，二十三年弃置身，他全然没有了当年狂傲自负的底气，亦无法在京城立足。幸有纳兰容若给予经济援助，又邀请其进自家做塾师，后吴兆骞病逝，容若亲自为他操办丧事，出资扶柩还乡。

1685年夏，纳兰容若病殁，终年三十一岁。每当顾贞观念起这位翩翩贵公子，总是温暖又心痛。读书时，容若的谈笑声会从耳畔传来；就寝时，与他清宵畅谈的无数个夜晚一幕幕浮现。生活中处处都是他的身影，曾经约定好友情长存，想问问容若为什么先行离去，顾贞观按捺住蚀骨的思念之痛，作此《祭文》

与之：

呜呼！吾哥你生前对我尊敬有加，不比对兄长少；对我关怀备至，不比对弟弟少。现在你却离我而去了。你此番离去，要长时间离开多久，我们会在哪里重逢？你居然没和我好生作别，见最后一面啊！独留我捶胸顿足、号啕大哭，又起疑又错愕。日色凝重，太阳坠落西山，而我肝肠寸断，双目恍惚。你真的离去了吗，或是你并没有离去？不管你走没走，我都能在梦里和你相遇，难道这只是一场梦，而我俩都没醒来？你这一走，你的父母该怎么办，拿什么慰藉痛失爱子的心呢？你留下的孩子该怎么办，将依靠什么活下去？你的同僚知己又该怎么办？四海之内的才子名士，要么有知遇之幸，要么怀才不遇走投无路，他们怎么才能得到援助和温暖呢？我欲写下你这一生的功绩，却涕泗横流，不忍追忆；想要重述我俩先前的深厚情谊，却更加泪流不止，歇斯底里，做不到清晰地讲述。于是我细数丙辰年起至今种种，这十年中，我们有过相聚，有过离散，也有再度相聚，但不管聚还是散，我们对彼此的挂念没有停止，对各自的事情都怀有尊重体谅之心，对彼此的想法能相互理解。我拣几件重要的事来说吧。我的母亲逝去,我千里迢迢回家奔丧,而你赙赠以助母之丧礼;我的朋友吴兆骞遭逢厄运,我为他辗转奔波二十载,也没能救回他,而你帮助他生归北京。

我每每想发表一些率直的言论,即便说给发小听,也总是有口难言,而你每次都真诚地倾听。在被人说坏话,受到攻击时,即便是同宗族的近亲,也会因流言四起而对亲近之人心生怀疑,而你每次都维护我支持我。只有你了解我最深,然而你的离去,也成为令我最痛苦的事情。亲兄弟之间的感情比不上没有血缘关系的知己,这一现象如今在你我身上得到证实。还有我们两个相谈甚欢,忘记了外物形态,朝暮更替都在心间,我们谈论的内容只涉及文与史,无关尘世俗务。我们同被共眠,推杯换盏,欢乐至极。你欣赏我《弹指》一文,我服膺你《饮水》之词。不管高歌还是哀哭,皆无法抒发我意,那些旁观者更是不能明白其中因果。还有我们时常抖擞精神,慷慨激昂,珍重我们长久的约定,倾诉各自内心积压的苦闷与失意。你将我视为知己,我也想与你相携而行,永不分离。有一回你拉着幼子的手对我说道:"这个孩子便是兄长的侄子。"然后又执起我的手对孩子说:"这是你的伯父啊。"

　　唉！这般深重的感情居然因为死别而被辜负，不管怎么说，你拥有瀚海般浩浩汤汤的心胸，看淡世间万事万物，视功名利禄为无用之物，认为权势只轻如尘埃。你重情重义，尤其将风雅视如生命般宝贵，将朋友视为肺腑。在世人眼里，你顺利入仕为官，以诗文见长，在奢华府邸里长大成人，出入于皇宫，不必待官守选，能够自由自在地写出心中所想，比起那些屈沉下僚的寒门子弟，你的日子过得意气风发，而且你身负非凡的使命。但我知道你想要展现的才华，还没显露出百分之一；你打算建立的功业，还未曾实现；想要完成的心愿，没有完成；打算倾诉的情感，也不能痛痛快快地说出来。造物主对人过于严苛，让你竟没能为君父尽展抱负，还记得你赠我的《金缕曲》吗，里面有一句："我唯一挂怀的，是与你的友谊，就算前方困难重重，我也想和你一同面对，我们之间的深重情谊，恐怕要延续至下辈子。"后来又说："只希望，世间还有来生，到那时我们再欢聚一堂。"唉！这怎么会是随口一说呢？他人又怎会预见我们的命数？你卧病前一日，天南地北的文人名流集聚在一起，吟咏庭院里的一双合抱玉树，我的诗最后出示，读之朗朗上口，看到你喜上眉梢，我知道，你是担心我落后于他人。然而，这所有的一切都烟消云散，钟子期离去，俞伯牙摔琴而绝弹。你能告诉我怎样做才能赎回你吗？天地之大，我竟无处抒发悲苦之情，你的音容笑貌刻在我心间，我泪如雨下，无法自控。来生我们一定要做亲人，我将此誓言存于心头，你的魂魄到时会回来吗？回来吧，看看我对你的一片真心。

在生前交往的点点滴滴中，纳兰容若已为两人搭建好了心灵的桃花源，他给顾贞观留下了无数个温暖的瞬间，即便自己离去，也能为朋友遮风挡雨，疗愈心中的空缺。

对于顾贞观而言，两位亲密的朋友接连逝去，唯自己独活人世，一下子失去了依靠，亦了无牵挂，再也没有留在京城的必要了，于是顾贞观收拾行囊回归故里，从此不再与人交游唱和。只是在彻夜难眠时，他会披衣起身，点一盏油灯，坐于桌案前，细细翻阅过去的唱和之作，吟诵起最初的誓约：

一日心期千劫在，后身缘、恐结他生里。然诺重，君须记。

【书信原文一】

德也狂生❶耳，偶然间、淄尘京国，乌衣门第❷。有酒惟浇赵州土，谁会成生此意。不信道、遂成知己。青眼高歌俱未老，向樽前、拭尽英雄泪。君不见，月如水。

共君此夜须沉醉。且由他、蛾眉谣诼❸，古今同忌。身世悠悠何足问，冷笑置之而已。寻思起、从头翻悔。一日心期千劫在，后身缘、恐结他生❹里。然诺重，君须记。

【注释】

❶狂生：狂妄的人，这里纳兰性德自称狂生，彰显自己狂放的一面。

❷乌衣门第：这里指世家大族，名门望族。

❸谣诼：造谣诋毁。

❹他生：来生，下辈子。

【书信原文二】

其一

寄吴汉槎宁古塔，以词代书，丙辰冬，寓京师千佛寺，冰雪中作。

季子平安否？便归来，平生万事，那堪回首！行路悠悠谁慰藉，母老家贫子幼。记不起，从前杯酒。魑魅[1]搏人应见惯,总输他,覆雨翻云手,冰与雪,周旋久。

泪痕莫滴牛衣透,数天涯,依然骨肉,几家能够?比似红颜多命薄,更不如今还有。只绝塞[2],苦寒难受。廿载[3]包胥承一诺,盼乌头马角终相救。置此札[4],君怀袖。

其二

我亦飘零久!十年来,深恩负尽,死生师友。宿昔齐名非忝窃,只看杜陵穷瘦,曾不减,夜郎僝僽,薄命长辞知己别,问人生到此凄凉否?千万恨,为兄剖。

兄生辛未吾丁丑,共些时,冰霜摧折,早衰蒲柳。诗赋从今须少作,留取心魂相守。但愿得,河清人寿!归日急翻行戍稿,把空名料理传身后。言不尽,观顿首。

【注释】

[1]魑魅(chī mèi):传说中的山神,也指山林中害人的鬼怪。这里指陷害他人的小人。

[2]绝塞:遥远的边塞,这里指吴汉槎所在的极寒之地。

[3]廿(niàn)载:二十年。廿,二十。

❹札：古时用以写字的小木片，这里指书信、信札。

【书信原文三】

　　呜呼！吾哥其敬我也，不啻❶如兄；其爱我也，不啻如弟。而今舍我去耶？吾哥此去，长往何日，重逢何处？不招我一别，订我一晤耶？且擗且号，且疑且愕。日奄奄而遽❷沉，天苍苍而忽暮，肠惨惨而欲裂，目昏昏而如瞀❸。其去耶，其未去耶？去不去尚在梦中，而吾两人俱未寤耶？吾哥去而堂上之两亲何以为怀，膝前之弱子何以为怙❹？辇下之亲知僚友何以相资益，海内之文人才子或幸而遇、或不遇而失路无门者，又何以得相援而相煦也？欲状吾哥之生平，既声泪俱发而不忍为追惟；欲述吾两人之交情，更声泪俱竭而莫能为觐缕。盖屈指丙辰以迄今兹，十年之中，聚而散，散而复聚，无一日不相忆，无一事不相体，无一念不相注。第举其大者言之。吾母太孺人之丧，三千里奔讣，而吾哥助之以麦舟。吾友吴兆骞之厄，二十年求救，而吾哥返之于戍所。

　　每戆❺言之数进，在总角之交，尚且触忌于转喉，而吾哥必曲为容纳；洎谗口之见攻，虽毛里之戚，未免致疑于投杼，而吾哥必阴为调护。

此其知我之独深，亦为我之最苦。岂兄弟之不如友，生至今日而竟非虚语。又若尔汝形忘，晨夕心数，语惟文史，不及世务。或子衾而我覆，或我觞而子举。君赏余弹指之词，我服君饮水之句。歌与哭总不能自言，而旁观者更莫解其何故。又若风期激发，慷慨披露，重以久要，申其积素。吾哥既引我为一人，我亦望吾哥以千古。他日执令嗣之手而谓余曰："此长兄之犹子。"复执余之手而谓令嗣曰："此孺子之伯父也。"

呜呼！此意敢以冥冥而相负耶？总之吾哥胸中浩浩落落，其于世味也甚澹，直视勋名如糟粕，势利如尘埃，其于道谊也甚真，特以风雅为性命，朋友为肺腑。人见其掇科名，擅文誉，少长华阀，出入禁御，无俟从容政事之堂，翱翔著作之署，固已气振夫寒儒，抑且身膺夫异数矣。而安知吾哥所欲试之才，百不一展；所欲建之业，百不一副；所欲遂之愿，百不一酬；所欲言之情，百不一吐。实造物之有靳乎斯人，而并无由毕达之于君父者也，犹忆吾哥见赠之词有曰："一日心期千劫在，后身缘、恐结他生里。"又曰："惟愿把来生祝取，慧业同生一处。"呜呼！又岂偶然之言，而他人所得预者耶？吾哥示疾前一日，集南北之名流，咏中庭之双树，

明清：患难方可见真情

余诗最后出,读之铿然,喜见眉宇,若惟恐不肖观之落人后者。已矣,伯牙之琴,盖自是终身不复鼓矣。何身可赎,何天可吁?音容僾然,泣涕如澍,再世天亲,誓言心许,魂兮归来,鉴此悰愫。

【注释】

❶啻(chì):只,仅。

❷遽:匆匆,急忙。

❸瞀(mào):眼睛感到眩晕。

❹怙(hù):依靠、仰仗。

❺戆(zhuàng):憨厚刚直。

严复 《与吴汝纶书》
平生风义兼师友，天下英雄惟使君

中国近代史是一部落后即挨打的屈辱史，然其中不乏率先觉醒的有识之士，他们为救国前赴后继，上下求索，如同点点星火闪烁在幽寂的夜晚，正因为他们的存在，近代史亦是一部不屈不挠的抗争史。

19世纪末，甲午战败，清政府签订了丧权辱国的《马关条约》，严复闻此消息悲愤交加，立即着手翻译《天演论》，其人其书便是黑暗中的星星之火。鲁迅先生评价该书"桐城气息十足，连字的平仄也都留心，摇头脑晃地读起来，真是音调铿锵，使人不自觉其头晕"。鲁迅先生提及的桐城气息，正得益于桐城派末期古文大家吴汝纶。他是严复的忘年之交，在严复翻译《天演论》时倾情相助，提供了诗学、精神等多方面帮助。

严复,原名宗光,字幾道,是近代著名的启蒙思想家、翻译家和教育家。1877年,严复作为公派留学生前往英国,进入格林尼治海军学院学习。留学期间,他广泛考察英国的社会政治制度,接触到了西方进化论。回国之后,面对满目疮痍的祖国,严复没有选择进入海军界,而是结合自身的理论优势,从思想教育入手,积极探索救亡图存的道路,在探索与实践中成为近代中国开眼看世界的先驱。

吴汝纶,字挚甫,安徽桐城人,桐城派末期古文大家。吴汝纶为同治年间进士,早年入仕为官,深受曾国藩、李鸿章的器重,后辞官教学,为教育救国奔波一生。吴汝纶作为古文宗匠深受后学敬仰,同时他也是西式教育的伟大实践者,推崇西学并不代表他抛弃了中国的传统文化,而是在深刻反思中国传统教育存在的弊端后,意识到西学中的先进部分能促进中国教育改革,借此实现教育救国之目的。

严复学贯中西,博古通今,吴汝纶深耕传统文化,又不斥西学,两人互相倾慕,彼此敬重,遂引为志同道合的好友。严、吴同处于半殖民地半封建社会,彼时帝国主义入侵,封建主义、官僚主义大行其道,又逢甲午战败,国人的生存空间被挤压。中国的读书人历来秉承"修齐治平"的文化传统和家国情怀，但面对变化了的外部环境，单靠传统肯定是不行了。对于当时的读书人群体，鲁迅先生看得深刻又犀利：一类是封建制度下的牺牲品，他们一心想要考取功名，却终身与功名无缘，最终郁郁而终；一类是封建制度的卫道士，文人身份只是他们的遮羞布，他们以文人之名行龌龊之事，要么满肚子男盗女娼，要么是不学无术的文人垃圾；还有一类是封建制度的破坏者，他们具有现代意识、先进思想和改革要求，也曾为了实现理想不懈奋斗，却均以失败告终。鲁迅先生对第三类人持肯定态度，可这些人难逃"梦醒了无路可走"的迷惘与失落。

严复和吴汝纶更像是第三类——封建制度的破坏者、革新者，他们能够接触到西方先进的科学、文化与思想，有着先天的理论优势。最关键的是，他们认为自己应当责无旁贷地投身于救国救民的时代浪潮中。虽然吴汝纶深耕中国传统文化，但对于西方先进的思想文化并不排斥，而是积极学习并尝试运用，甚至敢于与旧学决裂而接受西学，严复对先生这一点钦佩有加。

当时的中国处于"数千年未有之变局"中，正面临亡国灭种之威胁，《马关条约》的签订，无疑使千疮百孔的中国更陷泥沼，翻译《天演论》正是严复为唤醒同胞所做出的努力，吴汝纶则在严复翻译《天演论》时提供了精神与技术等多方面支持。他总是毫不掩饰对严译作品的赞赏与倾慕,适时给予严复鼓励,还在严复的译著过程中,与严复数度信函往来,不遗余力帮他斟酌译稿的体例与字句。严复对这位老师的意见亦采纳甚多,可以说吴汝纶参与了严译《天演论》的全过程。该书完成后,严复请吴汝纶作序,吴汝纶欣然应允,这封信便是严复请求吴汝纶对删改就绪的译作进行提点,并对其应允作序一事表达感谢:

挚甫先生执事:

我生病在家休养了一个月,现在虽然托您的福身体略微好转,但是头脑依旧混沌,回忆起过去发生的事情,恍如隔世。今天有公务在身,所以到堂上面见了子翔与玉润,问起了他们的日常起居,知悉他们一起护送家里人南归,这样旅居就不会感到孤独了,甚是想念啊!

收到您的来信,我倍感畅快,顿觉神清气爽。但是我对您评价我不自满与虚假感到惊奇,您说我对您著作的评价所言非实,一个是虚假夸奖,一个是妄言妄语,还有就是言过其实。若您觉得言过其实、夸大评赏,我尚且接受,可是您说虚言与妄语就不恰当了;言过其实可能是因为我自身愚笨,虚妄就涉及欺瞒,这是我无论如何都不能承受的话语啊。我这辈子以欺骗为耻，平日里对自己的一言一行都竭力做到真实，做学问也是如此。就算是论及古人，如孔子、孟子、程颐、朱熹，若对他们的学说有所疑，尚且做不到勉强认同，所以您说我顾及人情世故而去奉承您，我绝对不会做这样的事。

名士贤者的文章，写起来有如神助，因为他们都基于各自的章法架构，猖狂懒惰的人妄想胡乱窜改一番再将您的姓名署在文末，若传播开来，里面有不恰当的言论，谁来承担后果呢？怪异的是如今的小辈为祖父撰写墓志铭，例如描写人物生前样貌，总是不假思索描绘成俊美伟岸的大丈夫，就如同市场上售卖的天官赐福小画那样，描绘出来的样貌在世俗眼中自然绝美，但是，也不想想这并非我祖父的原本样貌，该如何是好？请人改貌之人当然使人发笑，可是为人改貌之人更令人摸不着头脑。若此文在文末署上您的姓名，有变更只字却没有得到您的准许，就应立即收回文章，万万不能纵容他们胡乱涂改。

拙译《天演论》近来都删改完毕了，里面增添了大量个人意见，删改之后一并置于译文后面公布出来，虽未完全采取晋唐文士的译法体例，然而是优于前作的，以上成就皆得到您的指点。

您在信中又提及，我稍有学识，能够整顿旧俗，洗刷糟粕，开辟新机，重振风气。可是要做到这些，且不论我现在位居微职，无力为之，即便我位高权重，却自知庸常软弱，微薄贡献都无法做到，况且是您寄信提到的那些重大贡献呢？实际上我对自己认知非常清晰。两千多年来，中国人在尊主卑民的统治下世代延续，明面上打着政治清明的旗号，暗地里却把人压榨得不得喘息，若存在关爱他人、救人于危急之中而为大家敬仰、百姓爱慕的人，也会被强加上任侠行权、背弃公义、为朋党效死尽力的罪责，大加惩处，直至根断苗绝才肯罢休，由此体谅与关爱同胞的良好风气将烟消云散。卖官鬻爵的风气盛行，清廉气节、廉耻之心不复存在。我觉得今天之中国好比一整块肉，当他有生机时，整块肉中亿万粒子皆含引力，可以彼此赖以生存，然而到了现在，就是一块腐坏的肉了，整块肉中的粒子仅剩斥力而无引力，遇上其他强国，堪比利刃劈肉，又怎敢奢望它不会分崩离析呢！您认为我所言虚妄吗？请先生观览前代历史，大汉与大唐国力最盛，那时的百姓民生如何，一览无遗。再翻开郭解的传记，常常流涕痛哭，史传记载郭解年少时举止轻狂，未尝不是诬蔑他啊。若不如此记载，就不能够充分显示君主灭其全家是合乎法度的。唉！如果将公孙弘的说法施行于西方诸国，西方人民一定会群起而攻之的。

大抵东方动乱就在近几年了。俄方对待中国东北、朝鲜，简直化身为大猪和长蛇，图谋不轨，欲吞并之；而放眼日本，全国上下亢奋，甲午战胜之后，他们更是磨刀铸剑，百倍疯狂。您想一下事情照此发展下去，不战能行吗？若发动战争，中国人必定要拿起弓箭，依附在俄国身后（这也是我们失去主权太久的缘故），去资助粮食与士兵，而主将必为俄国人。至于结果，孰胜孰败，不可知也。但是可以确定的是，中国长城北部的东北地域将被分割出去，疆土既缺，就会形成陈孺子割肉分之的场面，中国人民将沦落至与印度人民相同的悲惨境地。何况现今之变局，本就异于前代的五胡入主中原和五代十国，以及之后的元朝、本朝，什么原因呢？因为之前敌国的文化和政治制度比不上我国，但如今西方的先进文化和政治制度远超我国，可惜三百年来中国固有的本应继续改进的制度，如今已经消失殆尽！如何不痛心！如何不痛心！（我所言要么是经过缜密筛选，要么是经过自然选择后留存于中国的善与真，可补益于西方，有可能吧。）每每念此，我都会深夜坐起痛哭流涕，唉！谁能明白我的苦心呢？所以只能对您抒发一下郁愤的情绪。安邦治国本应顺应民心，可现在中国人麻木不仁，就算匹配上德国骁勇的陆军，英国精良的海军，也只能白白加速国家灭亡，唉！一刻不停地操练士兵，买入战舰，究竟要做什么呢！

先生您应允为《天演论》作书序，我荣幸之至。文稿删改过后我又誊了两份，已经拜托子翔转交给您，希望您能帮我再次审查书稿，若能够规避掉滥刻的风险，将此作公布于世，我会立即备好二三百金促成此事。如郑侨所言："我将以此济世。"大病初见好转，身体筋脉复活，下笔甚至不知写了些什么，又遇脑袋昏沉，所以语言如脱缰野马，不可控制，即便这样，这些话依旧是肺腑之言。希望能得到先生理解。

严复在信中难掩对祖国危急之势的痛心与担忧，常常半夜起来大哭一场，对全民族同胞勠力同心、奋起反抗暗自抱有期待。只是现实中怯弱者装睡不醒，冥顽者故步自封，幸而还有已经觉醒的革新者顺势而上，勇于站在时代浪潮之涛头，积极用所学探索一条救亡图存之路。

严复与吴汝纶之所以成为莫逆之交，是因为他们有共同的理想，认为维新是救国之良方，而教育改革是维新必经之路。当时仍有很多读书人落于八股窠臼，头脑保守僵化，缺乏批判精神，亦缺乏求变的热情和勇气。因此，严复提出"教育救国论"，主张"鼓民力、开民智、新民德"，他认为教育是救国之良方。然而这位具有远见卓识的教育家，并未将救国当作教育的唯一目的，他有着更深远的考虑：教育不能脱离人而独立存在，教育应该着眼于养成更好的人性。吴汝纶亦然，他辞官之后全身心扑在祖国的教育事业上，积极借鉴外来优秀的教育经验，用于中国教育改革实践，当自己行将就木时，心里放不下的仍是学堂之事。

没有人能够脱离现有生产力发展水平超越自己的时代，可总有人能够站在巨人的肩膀上，凭借敏锐的洞察力和广博的知识总结历史、剖析社会现实。严复、吴汝纶作为探索式的教育家、改革家，在时代的转折关头对自己的国家和社会进行了深入研究，对社会弊病乃至如何拯救国家，都有自己独到的见解。他们的探索犹如黑暗之中的火炬，两人崇高的品格、精湛的学识、在救国事业中建立起的笃真友谊，亦成为暗夜中的星光。

【书信原文】

挚甫先生执事：

复一病匝月，今虽邀福粗愈，然脑气浮纵，追念前事，都如隔生。本日逼于公事，来堂晤子翔玉润，询悉起居，知送眷属回南，旅居得无寥落，至念至念！

承手教，大慰所怀，能使疲神顿爽。然颇怪先生以不自满假之故，谓复于论说大箸左碑之辞有非实者，一曰虚奖，二曰妄叹，三曰过言。谓之过言可也，谓之虚与妄则大不可；过言或出于愚，虚妄则涉于欺，此所以断断乎不敢闻命也。平生甚耻为欺，于言行践履则力求其实，于学问则力讨其真。倘论古人，虽孔孟程朱，苟有未慊，不能强尊信之，而谓复独缘世故贡谀左右也哉，必不然矣。

贤者文词，当其下笔，自有义法，妄庸子点窜涂改而末系先生之名，传诸来叶，一言不智，谁实当之？怪近世小儿为祖父作传志，如绘先容，辄喜作美伟丈夫，如坊中所卖天官赐福者，其仪貌固利俗目而称美矣，而如非吾祖父之真面目何哉？求改者固可哂，而为之改者尤可怪也。此文既署先生之名，有更动一字而非先生所许者，急取回为是，不可徇也。

拙译《天演论》近已删改就绪，其参引己说多者，皆削归后案而张皇之，虽未能悉用晋唐名流翻译义例，而似较前为优，凡此皆受先生之赐矣。

　　来教又谓复略具知识，可以整齐教俗，一洗陈宿，辟新机，振衰势。此无论投间置散，万不能为，即令复当路得柄，庸弱如此，求收尺寸之效且不可得，矧如前所云者耶？此固复自知甚明者也。中国人心坐二千年尊主卑民之治，号为整齐，实则使之噎冒不能出气，其有爱人周急为无告所仰，而为黔首❶所爱慕者，则恧其行权为侠，背公死党，痛锄治之，令根苗尽绝乃止，故任恤与保爱同种之风扫地无余。其悬爵禄，废廉节，又使之耻尚失所。是以今日之中国譬之如肉，当其生时，全块中亿万质点皆有吸力，能相资以生；至于今则腐肉耳，所有莫破微尘有抵力而无吸者，与各国遇，如以利剑齿之，几何其不土崩瓦解也！先生以复言为妄乎？则试观前史，汉唐最强，其时之民气如何，可以见矣。每读郭解传，未尝不流涕，史述其少年无状事，未必不诬。盖不如是，不足以见天子族之之是。嗟乎！使有以公孙弘之说行于泰西各国之间者，其民无不群起而叛之矣。

大抵东方变局不出数年之中。俄于东省、朝鲜如封豕长蛇[2]，处心荐食；而日本举国妇孺同愤，甲午以来，其磨厉淬炼，百倍过前。先生试思此而可以不战息耶？战则中国必属弭橐鞬[3]以从俄人之后（此盖吾久失自主之权之故），资粮与兵，而彼族为之将帅。孰为雄雌，今不可知，而吾之长城东北必非吾有。金瓯[4]既缺，则陈孺子宰肉之局成，而中国之民长与身毒之民等耳。且今日之变，固与前者五胡、五代，后之元与国朝大异，何则？此之文物逊我，而今彼之治学胜我故耳，然则三百年以往，中国之所固有而所望以徐而修明者了遗耗矣。岂不痛哉！岂不痛哉！（此抑为复所过虑，或经物竞天择之后吾之善与真者自存，且有以大禅西治，未可知也。）复每念此言，尝中夜起而大哭，嗟乎！谁其知之，姑为先生发此愤悱而已。治国固以人心风俗为本，如今日中国之人心，虽与之德之陆旅，英之水师，亡愈速也，呜乎！衮衮练兵购船何为者！

　　许序《天演论》，感极。改本已抄得两份，当托子翔寄一份去，恳先生再为斟酌，如可灾祸梨枣，公诸海内，则将备二三百金为之。郑侨有言："吾以救世也。"新病初瘥[5]，筋跳脉动，执笔几不知所作何字，脑气陡发，词意跅弛[6]；虽然，却露本真。伏惟惠子知我。

复顿首　十月十五日
（1897年11月9日）

【注释】

❶黔首：战国和秦代对百姓的称呼。

❷封豕（shǐ）长蛇：大猪与长蛇，比喻残暴贪婪之人。

❸櫜鞬（tuó jiān）：古时盛放弓箭的口袋。

❹金瓯：金质盆、盂，后引申为完整的疆土。

❺瘥（chài）：这里指病愈。

❻跅（tuò）弛：行为放纵，不循规矩。

秋瑾 《寄徐寄尘》
时局如斯危已甚，闺装愿尔换吴钩

20世纪伊始，北京南半截胡同一个房间内，两位年轻女性正读书看报，突然啪的一声打破了屋内宁静的气氛，穿蓝衣的女子惊异地抬眼，看向桌子那旁的女伴，只见她激动地站起身，手掌击打着桌子怒不可遏地说："这腐朽的清廷非推翻不可！"这位义愤填膺的女性便是秋瑾，日后备受敬仰的鉴湖女侠，另一位则是爱国人士吴芝瑛。

前不久，秋瑾的丈夫王廷钧捐了一个京官，她便随夫进京，寓于绳匠胡同内。初至京师，秋瑾对这里的一切都不熟悉，终日深居简出，常常自叹"室因地僻知音少，人到无聊感慨多"。生趣了无也就罢了，她与丈夫的关系也不融洽，两人性情两异，志趣相左。丈夫养尊处优的日子过惯了，性格怯弱，全然不顾外面炮火连天的局势，对清廷丧权辱国、割地赔款的举动亦无动于衷。而秋瑾性格刚烈，才情了得，尤其在接触进步思想以后，"猛回头，祖国鼾眠如故。外侮侵陵，内容腐败，没个英雄作主"。以救国为己任的念头在她头脑中生根发芽，一发不可收。对于这样的婚姻，秋瑾自然失望至极，哀叹道："可怜谢道韫，不嫁鲍参军。"就在苦闷与豪情两种矛盾情绪不断侵扰秋瑾时，吴芝瑛向她伸出了援手——资助其赴日留学。

吴芝瑛，字紫英，号万柳夫人，安徽桐城人。吴芝瑛出身名门，伯父为晚清桐城派古文学家吴汝纶。她自小受到良好的教育，以才闻名，十九岁时嫁与无锡举人廉泉。就婚姻来说，吴芝瑛是幸运的，她遇到了与自己志趣相投的丈夫，两人相敬如宾、伉俪情深，在思想上都倾向维新，属于进步人士。1898年，廉泉进京就职，吴芝瑛随夫抵京，夫妻俩就住在南半截胡同。正巧秋瑾之夫王廷钧与廉泉是同僚，两家为近邻，秋瑾这才结识吴芝瑛。两位才女常在一起读书阅报、纵论时事，也作诗怡情、促膝谈心。虽然两人相识不久，但是友情之深堪比管鲍之交，遂结为姊妹。吴芝瑛年长一些，为姊。她们订交的同心兰谱上写有"贵贱不渝，始终如一"。

在清廷腐朽统治的逼迫和革命进步思想的感召

下，秋瑾决定赴日留学。秋瑾的丈夫王廷钧知道后非常慌乱，并极力劝阻，但是秋瑾不为所动，毅然决然准备离去。为阻止秋瑾东渡日本，丈夫盗走了她的贵重饰品，断其路费与生活费，在吴芝瑛与女界进步人士陶荻子的资助下，秋瑾得以顺利东渡日本。临别之际，友人设宴于陶然亭为秋瑾饯行，几位豪杰举杯共饮，慷慨激昂，秋瑾还赋《临江仙》一曲，感谢友人鼎力相助。词中言道："相逢异日可能凭？河梁携手处，千里暮云横。"一股豪气扑面而来。

这是一个全新的世纪，对于秋瑾来说，此次虽是离别，但更是她思想革新的开端。那些旧王朝的懦弱与腐朽、黑暗与糟粕统统都要革除，为此她毅然走出家门，为救国上下求索。家门以外，天地辽阔，秋瑾积极学习进步思想，广交革命义士，故她与徐自华的结识，几乎是必然。

徐自华，字寄尘，南社重要诗人。1906年，徐自华任浔溪女学校长，同年二月，秋瑾归国，她经朋友引荐来到浔溪女学任教，两人由此相识，一见如故。她们常常在课余时间或某个静谧的夜晚，相约漫步畅谈，也常秉烛夜话，"纵论家国，如骨肉姐妹矣"。然而女学校董思想冥顽，不满秋瑾向师生宣扬男女平等的思想，于是以学生家长反对其言行为由，迫使秋瑾离开学校，徐自华亦愤然离职。离去后秋瑾曾作

《寄徐寄尘》与好友互勉：

我们分别时不唱阳关曲，不是因为我的好友遍四海。柳条飘拂似在挽留，莺语啁啾，万言在喉。

依依惜别时阶前雨落，以后我俩将如浮萍一般，各自飘零。其实四下飘零的生活早我已习惯，只是对动荡时局感慨万千。

我日夜忧心家国，心力交瘁，还是遗憾未能将女性同胞的力量汇聚起来。只能徒劳地怜惜那些困于家中的女子，对她们紧紧系在家人身边无可奈何。

即便前路漫漫，哪怕孤身一人，我也心甘情愿上路。头颅保全固然好，但我更愿意为救国驱驰奔波。

权失应当再三思虑，国势危急之际岂敢独善其身。拿起手中武器去为国而战，待革命成功，我的心愿达成，那时我就可以全身而退了，并不愿留名青史。

想着报恩于同胞民族，便不屑于富贵繁华，只愿为祖国赴汤蹈火。我只是为了中华民族能够站起来而不懈奋斗，怎会在意那些虚名！

虽然只与秋瑾相处了短短两月有余，可徐自华的内心却产生了颠覆性的变化——秋瑾豪爽的个性，自由的灵魂，坚定的革命志向，以及她所宣扬的男女平权的思想，都深深触动了她——原来，女性不只有相夫教子一条路可走，她们是能够走出家门，追寻人生各种可能性的。只是徐自华从小接受儒家传统文化的熏陶，即便她才情卓越，志趣高逸，却也深受封建礼教的影响，始终不能像秋瑾那样，毅然决然地走上革命道路。秋瑾作此信，意在勉励好友勇敢地走出家门，为救国伟业贡献自己的一份力量。

1907年初，秋瑾返回绍兴老家，计划在浙组织光复军进行反清起义，与光复会领导人徐锡麟秘密筹划了"皖浙起义"之后，她邀约徐自华同游杭州，实际上秋瑾是为起义做准备——勘察地形。两个人泛舟西湖，攀登凤凰山，凭吊岳王坟……互相倾诉，依依不舍。眼看夕阳坠幕，微风乍起，秋瑾心中也生波澜，她隐隐知道自己此行可能会丢掉性命，于是她与好友定下了"同埋西泠"的誓约。起义前，徐自华曾建议秋瑾要谨慎行事，目前时机尚不成熟，行动应当暂缓，然而秋瑾认为起义刻不容缓。见她意志坚定，徐自华积极为朋友筹措军饷，还将自己所存黄金三十余两捐出，秋瑾则以珍藏的翠钏相赠，留作纪念。

随后，徐锡麟率先在皖领导安庆起义，失败，以身殉国。秋瑾闻此噩耗，不禁泪如雨下，不发一语，写下《绝命词》誓与封建王朝斗争到底："痛同胞之醉梦犹昏，悲祖国之陆沉谁挽？日暮穷途，徒下新亭之泪；残山剩水，谁招志士之魂？不须三尺孤坟，中国已无干净土；好持一杯鲁酒，他年共唱摆仑歌。虽死犹生，牺牲尽我责任；即此永别，风潮取彼头颅。壮志犹虚，雄心未渝，中原回首肠堪断！"

其实在徐锡麟起义失败后，秋瑾尚有时间脱身，只是她没有听从同人的意见暂避山区，反而督促起义同伴全部撤离，身边不留一人，自己则安然若素，晚上照常回家，还与家人一起举行了祭祖仪式。晚饭过后，秋瑾悄悄告知哥哥秋誉章白天发生的事情，并让哥哥立即带全家人离开这里。次日午后，清兵来到秋瑾所在的学堂门口，大肆鸣枪，以期能够震慑住秋瑾。然而他们见到秋瑾时，她正端坐在办公室，纹丝不动，面色冷峻。清兵将秋瑾逮捕下狱，对她进行了严刑拷问，最终只得供词一句："秋雨秋风愁煞人。"两天后，一代女侠于山阴（今浙江绍兴）古轩亭口英勇就义，时年三十一岁。秋瑾就义之后，秋家人四下逃命，躲避追捕，一度无人敢去收尸，还是学堂的洗衣妇们将尸体草草收殓，葬于卧龙山麓。待风头稍稍过去一些后，秋瑾之兄才花重金雇役夫将妹妹的灵柩偷运出来，准备等形势缓和些再埋葬于自家坟茔。

收到秋瑾被害的消息,吴、徐二人悲痛欲绝。吴芝瑛接连撰文见报,以笔为武器讨檄清政府之暴行,有文曰:"勿再罗织成此莫须有之狱,诬以种种之罪状,使死者魂魄为之不安。"吴芝瑛和徐自华因秋瑾而结识,只是两人从未见面,一直通过书信神交。此时,她们还不知道秋瑾无人收尸,暴棺山野。当秋家人还未安葬秋瑾的消息从绍兴传来,吴、徐二人立即互致信函,就秋瑾后事展开讨论。下面这封信便是吴芝瑛致意徐自华,表明当下最要紧的还是扶秋妹灵柩安葬:

寄尘妹妹英鉴:惊闻刑名师爷言,秋瑾妹妹的灵柩没有被家人认领安置,现在处置灵柩的权力还在地方官手里,旁人不得移动。昨日已经托志成先生去信与秋兄兰绩先生商谈此事,准备向上面提交文件领回秋妹的灵柩,这样也方便你前去扶柩。买地事宜以吴氏家族尤为擅长,我想以自己的名义营造墓地,广而告之,让世人无可置疑,再将妹妹葬在旁边。如此一来我们姐妹能够生死相依,这也算一大快事。我们安葬秋瑾的公告发表之后,清政府也会因为葬于吴家坟茔而难以干涉。我的这些心意希望你能帮我转达给兰绩

先生，如果能将秋妹灵柩领出来就再好不过了。此颂

　　潭祉

　　　妹芝瑛上言　光绪三十三年十一月二日

此时吴芝瑛疾病缠身，无法亲自为秋瑾之事奔走，便请徐自华前去绍兴与秋家人商谈扶柩事宜，但秋瑾之兄对芝瑛自营生圹的做法提出异议，认为这与秋瑾的独立气节不相符，应独造坟墓为宜。徐自华表示认同，并致信吴芝瑛："同人决议此事，咸谓秋女士在日，独立性格，不肯附丽于人，此其一生最末之结果，若竟附葬，不独有违其平生之志，吾辈同人亦有憾焉！"吴、徐两人便着手实现秋瑾生前埋骨西泠的遗愿。她们破除多方阻力，一人负责买地，另一人负责建墓，终于在1908年初，经秋兄与廉泉操办，秋瑾灵柩得以葬于西泠桥畔。二月，徐自华收到秋家来信，知悉秋瑾已下葬西泠，立即写信与吴芝瑛商量会祭秋瑾的日期：

致紫英贤姊夫人：

　　日子过得飞快，眨眼间又一年春天来到。新年已至，万物吉祥喜庆，我在远方不胜祝贺。我笑自己为时代旧人，欣逢新岁，看着眼下动荡的

时局，自愧无匡正乱世之能力，只是白白感到悲愤罢了！姐姐你寄居上海，是女界的文坛领袖，家中各种书籍无处不在，有时吟咏诗词，有时临池学习，既能鼓琴瑟，又能绘丹青，陶醉在你的万柳堂中，是多么快乐啊！真是我难以到达的高度，怎么不让人羡慕呢！姐姐你要好好照顾自己的身体，一定会康复到像从前一样的，十分挂念你！

去年腊月收到你的来信，谢谢你宽慰我，感激不尽。正想着给你回信呢，又收到南园先生来信，得知文旌将要去杭州了！我也恰巧就医观察，当面告知他一切，想来姐姐现在已经详细知晓。不知道秋妹的灵柩什么时候到达杭州？什么时候下葬？我乘船归去时，因为工匠价格过高，还没有讲定。以后的许多事情，才开始操办。

南园先生何时返回上海？回去路上风雪交加，一定会疲劳不堪。我也即将乘船回家乡过年了，打算在僻远的地方生活，还没收到省中及石门来信，所以前面提及的事情我都不知道！此上，即贺新喜。

正打算将信装入信封，突然收到绍兴来信，得知秋妹的灵柩将于二十二日安葬，我备感欣慰。尤其是看到姐姐你热心操办此事，我深感敬佩。有人询问参加秋妹葬礼的日期，我觉得最好定在正月中旬，否则，时间太长，他们都有课，无暇分身，参加葬礼的同人恐怕没多少。因为这件事我还没有和你商议，所以不方便立刻回复人家。不知道姐姐是怎么想的。你的身体还安好吗？正月中旬你得空吗？会葬时，你有办法来杭州吗？这件事该怎么办呢？秋妹的坟茔何时完工？会葬日期你来定，还是我来定？希望姐姐能一并告知我，以便我答复同。草草，再颂
曼福

妹寄尘再拜

为了告慰英灵，吴、徐两姊妹尽心尽力操办秋瑾后事，埋其骨于西泠，召开追悼会，建立秋社，竭力扩大秋瑾之影响。这之后，两人常以唱和、致信的方式缅怀秋瑾，用两颗温柔的心守护着秋瑾的英魂，直至终老。

秋瑾身不在男儿列，心却比男儿烈——古来中国之革命尚未有妇女断头流血，请从我始。时代召唤英雄，秋瑾便力扛天降大任，视死如归。这一程她走得惊险亦坚定，幸有两姊妹赤诚相待，生前出资出力帮助她实现革命事业，身后继承她革命遗愿，并为之百般辗转，不惧与清廷作对。

暗夜之下，前路扑朔，抬头群星闪耀。

【书信原文一】

不唱阳关曲,非因有故人。柳条重绻缱❶,莺语太叮咛。

惜别阶前雨,分携水上萍。飘蓬❷经已惯,感慨本纷纭。

忧国心先碎,合群力未曾。空劳怜彼女,无奈系其亲。

万里还甘赴,孑身❸更莫论。头颅原大好,志愿贵纵横。

权失当思复,时危敢顾身?白狼须挂箭,青史不铭勋。

恩宗轻富贵,为国作牺牲。只强同族势,岂是为浮名?

【注释】

❶绻缱:此处指两个人感情深厚,不忍别离。

❷飘蓬:飘飞的蓬草,这里指居无定所,四下漂泊。

❸孑身:孤身,独身。

【书信原文二】

寄尘吾姊英鉴:顷闻刑名家言,秋妹之枢未经家族认领,则此时发封厝❶坛尚在地方官权力之下，他人不得移动。昨已托志成先生函商乃兄秋兰绩先生，在该县具禀领柩，以便吾姊前往即可扶之而行。买地以吴氏出名者，妹拟自营生圹❷于中，使众周知，一无所疑。再葬吾妹于其旁，如此，则吾姊妹生死不离，亦一快事。异日发表后，官场见在吾生圹界内，或碍难干涉。区区苦心，望姊再函达兰绩，预将妹柩领出为幸。此颂潭祉

　　妹芝瑛上言　光绪三十三年十一月二日

【注释】

❶厝：安置，放置，也有暂放棺材，以备下葬之意。

❷生圹（kuàng）：生前预先营建好的坟墓。

【书信原文三】

紫英贤姊夫人赐鉴：

　　流光似驶，转瞬间又报春来。近维献岁❶迎祥，履端❷集庆，曷胜遥祝。妹自笑陈人，又逢新岁，睹此时局艰危，愧无才智匡济，徒增愤叹而已！我姊寄居海上，为女界文星领袖，玉轴盈筒❸，牙签堆几，时而吟咏，时而临池，琴瑟在左，丹青在右，徜徉小万柳堂中，乐何如哉！可

望而不可即,能不令人企慕耶!玉体珍摄,定平复如旧,念甚!

　　去腊接奉手书,承赐慰言,感谢无既。正思裁答,又得南园先生输信,知文旌赴杭矣!妹亦就医晋省,面告一切,谅姊已知详细。不识璇枢于何日来杭,何时入圹?妹返榟时,因工匠价目太昂,尚未讲定。以后若干,始行包办。南园先生何日返沪?归途雨雪,此役未免太劳也。妹归舟即返浔度岁,僻处一隅,尚未得省中及石门来信,故均未有闻耳。此上,即贺新喜。

　　正封此函,忽接绍兴来信,知鉴枢二十二日入圹矣,不胜欣慰。尤见我姊热心高谊,令我浙人感佩。同人中有询问会葬之期,并云,最好正月中旬。否则时间太晚,彼此有课,不克分身,与会之人恐未必多也。妹因未与姊议定,不便遽覆。未识尊意若何?玉体已复元否?正月中可能得暇?会葬时,玉趾临杭否?如何办法?坟事约在何日工竣?会葬日期由尊处择定,或妹处择定?统祈示知,以便作覆也,草草,再颂
曼福

　　　　　　　　　　　　妹寄尘再拜

【注释】

❶献岁：岁首正月，即步入新年。

❷履端：正月朔日，即正月第一天。

❸笥（sì）：盛放食物或衣物的竹器。

民国

高山流水遇知音

陈独秀 《致蔡元培》
男子立身唯一剑，不知事败与功成

1916年腊月，蔡元培在风雪交加中抵达北京。此番前来，是应黎元洪之邀担任北京大学校长一职。北大的前身是创建于1898年的京师大学堂，这是有识之士教育救国的阵地，也是维新变法失败后少数留存下来的成果。

辛亥革命之后，京师大学堂更名为北京大学，外在名称随着时代进步产生了变化，内部存在的问题却未必得到解决。这里虽说是教育阵地，实则充斥着官场腐败气息，学术气息微乎其微。来这里上学的，大部分是官僚子弟，他们的目的自然不是学习知识，学校只是他们"读书做官"之路的跳板，在这里混完日子以后，他们好子承父业，到官僚系统继续混日子。

在这里教书的，大多是封建教育的捍卫者，他们的授课方式迂腐呆板，授课内容陈陈相因，毫无新意，对这份职业缺少敬畏之心，来学校讲课仅为混薪水。这群来上学的纨绔子弟是出了名地不服管教，而这些老师也根本无法担起教书育人的重任。蔡元培之前，北大校长接连辞职已经成为教育界的谈资，讪笑中充满了无奈之叹息。

1916年，黎元洪就任中华民国大总统，上任后在教育界做的第一件大事，便是致蔡元培一纸聘书，邀其担任北大校长。这是教育界人士避之不及的一个差事，其冒险程度不亚于火中取栗，最终结果很可能和前几位校长一样，满腔斗志而来，摇头悻悻离去。现实问题摆在眼前，似乎棘手得很，蔡元培到底会如何选择？去，还是不去？

劝阻声从四面八方传来，蔡元培却毅然接受任命，奔赴北京。《时报》称："蔡子民先生于二十二日抵北京，大风雪中，来此学界泰斗，如晦雾之时，忽睹一颗明星也。"蔡先生之于北大，是迷雾中的一颗启明星，指引方向；北大之于蔡先生，是实现其教育救国使命的重要阵地，意义重大。

1917年初，蔡元培正式进入北大。新校长的车还没来，校工们在校门口已列队等候多时。待车子停稳，蔡元培打开车门下车站定，不等校工行欢迎礼，

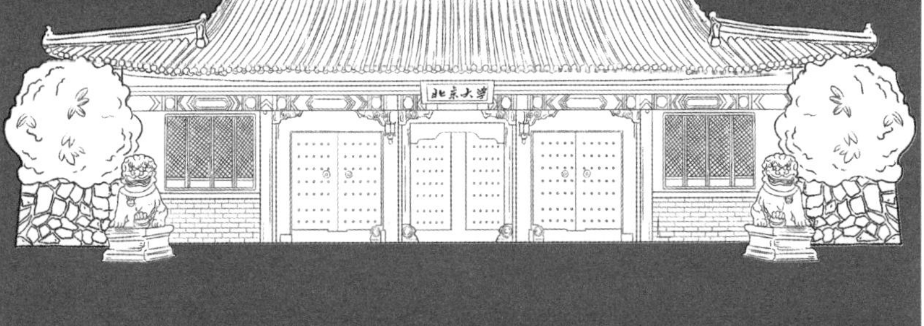
北京大学

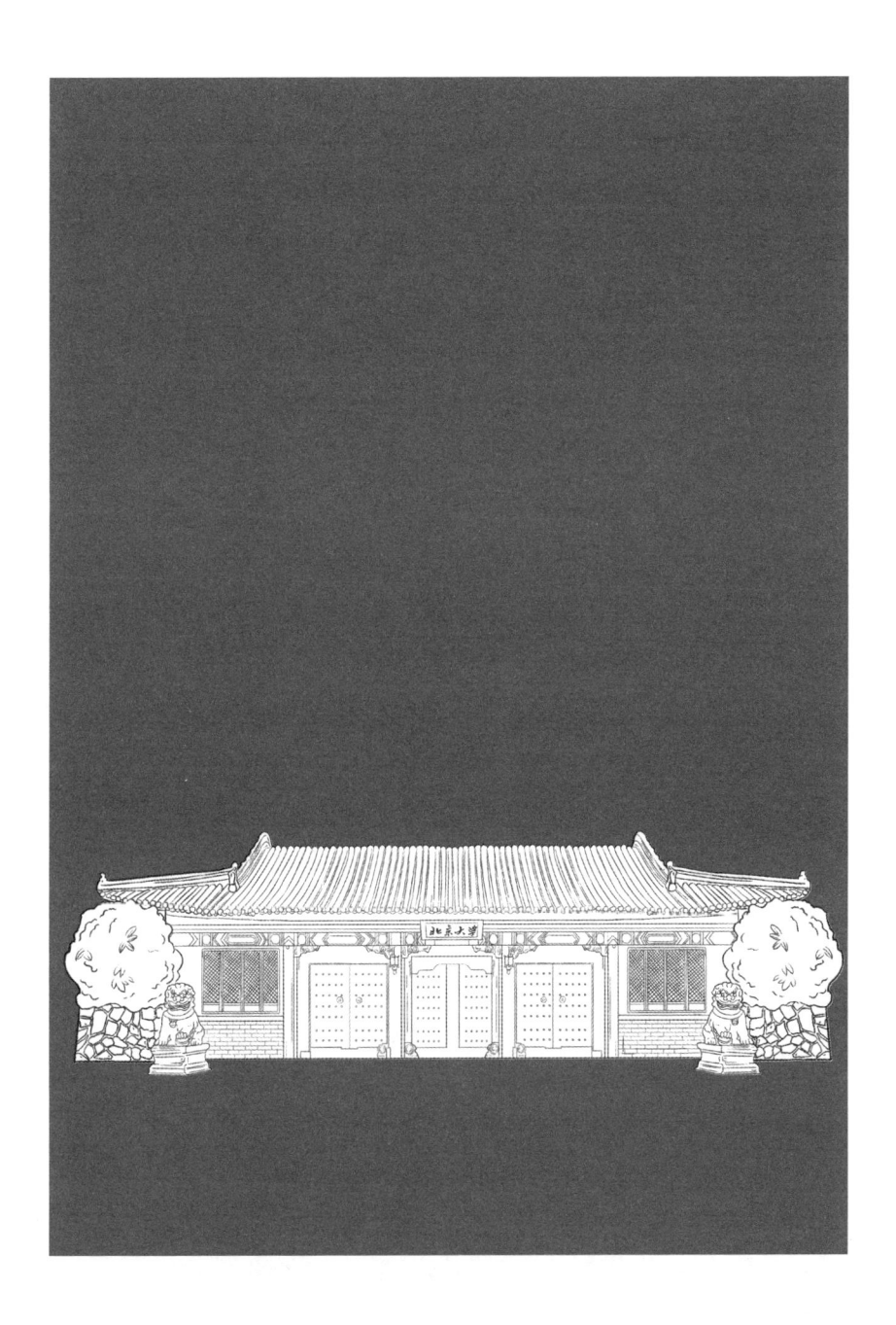

这位儒雅学者便先行脱帽鞠躬，向众人致意。这一举动无疑是破天荒的。新校长由大总统直接任命，众人看他，是需要"仰望"的。不过之后人们会明白——蔡先生赴任北大校长，不是为了在职权上凌驾于人，他作为一校之长，肩负着无比艰巨的使命。

北大若想在风雨如晦的时局中生存下去，甚至成为星星之火，第一步便是改革。蔡元培认为改革应先从文科开始，但是文科学长的人选一直定不下来，这一职位空缺会造成各自为政的局面，对学校发展百害而无一利。后来经其他教授一致推荐，陈独秀成了蔡元培心里的最佳人选。恰好陈独秀因为亚东图书馆筹措资金一事来到北京，蔡元培喜不自胜，前去拜访。陈独秀知悉来意后，心里还是有些顾虑的，自己非名校出身，也没有大学任教经历，贸然前去北大任教，恐怕无法胜任。但是在蔡元培看来，陈独秀的文学造诣深厚，又深耕文字学，学术水平无可置疑。再三推辞后，陈独秀实在招架不住蔡元培的盛情邀请，这才应允，不过他心里有一件最放心不下的事情："在上海办得如火如荼的《新青年》该怎么办？"蔡元培笑答："可以迁至北京。"

进入北大后，陈独秀立即针对文科制定了全新的教育方针，贯彻实施"思想自由，兼容并包"的办学原则。《新青年》也给报刊和团体事业带来了空前繁荣，北大的学术环境欣欣向荣，呈现出前所未有的活力。与此同时，新文化运动核心人物胡适学成归国，陈独秀有意将其纳入北大教师人才库，于是给蔡元培去信，热情地商讨了胡适的就职细节，包括授课科目、课时以及薪酬等，面面俱到——

子民先生赐鉴：

前月廿六日手示并演说稿均已读悉，本月二日书亦收到。书记徐、郑二君已接谈数次。校中近状藉以略知。此间报名学生只百余名。工业校校长唐君赴无锡未返，彼曾派书记三人相助大学招考之事。闻之徐书记，去岁招考帮忙，书记只一人，考毕酬劳十五元。此次三人各酬若干，届时再为酌定。独秀因此间尚有琐事料理未清，本月内恐未克动身赴京。顷接尹默兄来书，据云先生日来颇忙，亟需有人相助。鄙意或请胡适之君早日赴京，稍为先生服劳。适之英汉文并佳，文科招生势必认真选择，适之到京即可令彼督理此事。适之颇有事务才，责任心不在浮筠兄之下，公共心颇富，校中事务，先生力有不及，彼所能为者，皆可令彼为之。此时与彼言定者，只每星期授英文六时，将来必不只此（或加诸子哲学，或英文学史，俟独秀到京再为商定）。希与以专任教员（聘书可用新章教授名目）之职（月二百四十元可矣，惟望自八月份起）。彼到京即住校中（鄙意新落成之寄宿舍且多请几位久留欧美、起居勤洁之教员居住其中，以为学生之表率）。先生倘以为然，望即赐一电，以便转电适之来沪乘车北上。

专此。

敬请道安

独秀上言　一九一七年八月九日

梁漱溟先生曾说："我认为蔡先生萃集的各路人才中，陈独秀先生确是佼佼者。当时他是一员闯将，是影响最大，也是最能打开局面的人。但是，陈这人平时细行不检，说话不讲方式，直来直去，很不客气，经常得罪人，因而不少人怕他，乃至讨厌他，校内外都有反对他的人。只有真正了解他的人才喜欢他、爱护他，蔡先生是最重要的一个。"陈独秀在北大风风火火地开展新文化运动，传播新思想，若没有蔡元培做他坚强的后盾，处处维护他、支持他，陈独秀很可能在北大站不住脚，更不要提让新思潮和新思想在北京大学传播开来了。

北京大学是陈独秀的战场，是他探索救国之路的实践基地。然而，他的所作所为都被保守派看在眼里，且不论陈独秀的举措取得了多大成效，光是他宣传新思想、新文化这些举动，就动了守旧势力之"根基"，当然会招致他们嫉恨。这些人想方设法挑陈独秀的毛病，甚至要挟蔡元培将其解雇，但是蔡先生顶住压力，不为所动，正告前来兴师问罪的人："北京大学一切的事，都在我蔡元培一人身上，与这些人毫不相干。"另一边，陈独秀为揽过"罪责"，减轻蔡元培遭受的舆论攻势，在《新青年》发表文章："这个杂志完全是私人的组织。我们的议论完全归我们自己负责，和北京大学毫不相干。"看无法动摇陈独秀在北大的职权，这些封建守旧势力又从私德入手，在报纸上大肆渲染陈独秀私德有亏。此论一出，人皆哗然。蔡元培有意维护他，但他本人是进德会主要倡导者，关于陈独秀的小道消息和流言传播迅疾，攻势猛烈，蔡元培终于无法抵挡轮番而来的舆论攻击，败下阵来。最后，蔡元培召开会议，决定文理科不再设立学长一职。虽然他尽力保留了陈独秀的教授职位，但是陈独秀岂能忍受这般屈辱，于是自请辞职，就这样离开了北大。

两人分开以后，各自踏上了不同的政治道路。陈独秀返回上海，开始专心参与革命事业，成为中国共产党的创始人之一；而蔡元培为避祸端，也多次离开北大外出考察，还参与了孙中山领导的国民党政治事业。自此，曾经是一条战线的朋友站在了不同阵营，但是政治分歧并不能影响蔡元培对陈独秀的欣赏之情，在他眼里，敢挑时代重担的陈独秀具备"近代学者人格之美"。陈独秀奋不顾身地参与到革命事业中去，毫无惧死之心，他也因此四次被捕入狱。身陷囹圄之时，蔡元培为解救朋友在外奔走游说，冒"反动"之险入狱探望。在营救陈独秀的过程中，蔡元培也积极动员国内外一切进步人士，共同营救"政治犯"，以保障人民的民主自由的权利。

1940年，蔡元培病逝于香港，陈独秀听闻噩耗，深情写下《蔡孑民先生逝世后感言》，开篇即言"'人生自古谁无死'，原来算不了什么，然而我对于蔡孑民先生之死，于公义，于私情，都禁不住有很深的感触！四十年来社会政治之感触！"人终有一死，对于死亡，陈独秀已足够坦然，因为他这一生遍尝艰辛，轰轰烈烈，"舍命光亮过，就不会不舍"。

这是一个群星闪耀的觉醒年代，面对前所未有的冲击与动荡，世人惊惶、退缩，却总有人觉醒，敢于呐喊疾呼，以血肉之躯顶天立地。肉身终将消亡，然战斗精神永存。

王国维 《致罗振玉》
千秋壮观君知否？黑海东头望大秦

1927年6月2日，天朗气清，惠风和畅。如果不是因为国学大师王国维，这一天将平静得没有任何波澜，就像大多数寻常日子一样，湮灭在历史中。

这天清晨，王国维早早起床，一如平常。待盥洗完毕后，他便移步饭厅吃早餐。饭毕，王国维起身前往学校。在办公室处理完手头要务后，他与助教侯厚培谈起了下学期的招生问题，等到事情谈得差不多，时间也快到中午了。离开办公室前，王国维特地向侯厚培借了五元钱。道谢之后，王国维从国学院出来，独自走到学校门口，伸手拦下了一辆人力车。他没有回家，而是乘车来到颐和园门口，购票入园，径直行至昆明湖鱼藻轩。在颐和园一众亭台轩榭中，鱼藻轩算得上是观景胜地，站在这里，可以将昆明湖的碧波浩渺尽收眼底，还可以极目远眺对面的玉泉山。但是王国维来到这里，只是静静地坐在湖边，怔怔地望着湖水，面色沉静，旁人看来，这不过是一位观赏湖色的儒雅先生。王国维定定地坐在那里，静默得像一尊石像，少有的动作是默默掏出一盒烟，点上一支，缓缓吸尽，然后掐灭烟头，纵身跃入青碧的湖水。

等人们将他打捞上来时，他已经失去生命体征了，湖底的淤泥塞满了他的口鼻。在处理王国维身后事时，人们发现他的兜里有四元四角（颐和园门票花去六角）和一封遗书，遗书上写："五十之年，只欠一死，经此世变，义无再辱。我死后，当草草棺殓，即行槁葬于清华茔地，汝等不能南归，亦可暂于城内居住。……我虽无财产分文遗汝等，然苟谨慎勤俭，亦必不至饿死也。五月初二日父字。"这封遗书寻常得就像一封家书，说着一些细碎琐事。

关于王国维之死，历来众说纷纭，其中有一种说法传得最凶，这与一个人有关。此人与王国维相知相契三十载，他的女儿还嫁与王国维长子为妻，亲上加亲，最后两人却因为政治立场与家事交恶。这个人便是罗振玉，他年长王国维约十岁，曾在事业与生活上给予王国维莫大帮助。

王国维与罗振玉彻底决裂，发生在王国维投湖自沉的前一年，即1926年。当年九月下旬，王国维长子王潜明病殁于上海，对于王国维来说，爱子英年早逝，乃是生命不能承受之重，谁知接下来发生的事情更加剧了他的崩溃——罗振玉听闻女儿这段时间过得并不顺心，在葬礼结束后，自作主张携女儿返回天津。

王国维得知此事，既震惊又生气，儿子虽然离世，但是儿媳依然是自家人，这样悄悄走掉，将家人情分与王家颜面置于何地，他还自嘲道："难道我连媳妇都养不起？"后来，王国维将儿子的抚恤金如数寄给儿媳罗孝纯，但是不久被退回了，王国维不解，复寄回去，又被退回。这样反复几次，王国维怒气飙至顶峰，于是继续去信罗振玉，直言道："蔑视他人人格，于自己人格亦复有损。"此言一出，两人的关系怕是无法挽回了——

雪堂先生亲家有道：

昨奉手书，敬悉种切。亡儿遗款自当以令媛之名存放。否则，照旧时钱庄存款之例，用"王在记"亦无不可。此款在道理、法律，当然是令媛之物，不容有他种议论。亡儿与令媛结婚已逾八年，其间恩义未尝不笃，即令不满于舅姑，当无不满于其所天之理，何以于其遗款如此之拒绝！若云退让，则正让所不当让。以当受者而不受，又何以处不当受者？是蔑视他人人格也。蔑视他人人格，于自己人格亦复有损。总之，此事于情理皆说不去，求公再以大义论之。

此款即请公以令媛名存放，并将存据交令媛。如一时不易理谕，则暂请代其保存。此间非保存之地，如掠夺事起，未有不搜索身畔者，故虽一纸，亦不妥也。专此奉恳，敬请
道安不一

期维再拜　廿五日

王国维与罗振玉相识的三十年来，往来书信不曾断绝，两人无所不谈，议论国事、探讨学术、嘘寒问暖……凡事都讲究有始有终，书信亦然。罗振玉写的下面这封回信，大抵终结了两人风雨同舟的三十年友谊——

静公惠察：

晨奉手书，敬悉一是。书中所言，有钝根所不能解者，公言之愈明，而弟之不解愈甚，谨就下走所见，为公陈之。

来书谓小女拒绝伯深遗款，为让人所不当让，以当受者而不受，又何以处不当者？是蔑视

他人人格也；蔑视他人人格，于自己人格亦复有损。又云，即不满于舅姑，当无不满于所天之理。此节公斩钉截铁，如老吏断狱，以为言之至明矣，而即弟之至不能解。

弟亦常稍读圣贤之书矣，于取与之义，古人言之本明。如孟子所谓"可以取，可以无取，取，伤廉。可以与，可以无与，与，伤惠"，平生所知，如是而已。今以让为拒，谓让为损他人人格，亦复伤及自己人格，则晚近或有他理，弟未尝闻之也。

至谓不满于舅姑一节，更为公缕缕言之。小女自归尊府近十年，依弟之日多而侍舅姑之日少，即伯深亦依弟之日多而侍公之日少，亦诚有之。非避两亲而就妇翁也，因伯深海关一席在津，弟亦住津，伯深所入，不足为立门户，弟宅幸宽，故主弟家，饮食一切，自应由弟任之；嗣伯深不安而移居，弟亦不强者，伯深所为盖惟恐累弟故也。及移居而女病，所入不足，仍由弟助之，伯深更不安，乃送眷到京，居数月而女殂，乃复徙津，仍主弟家；已而次女亦殂，又值移沪，乃一人到沪，留眷在弟家，欲稍有积蓄，为接眷之费；而小女因连丧两女，因而致疾，医者诳人，所费不少，致伯深仍无所蓄，乃由弟备资送女至沪,为之赁屋,为之置器。合计数年所费,亦非甚少,然此之与,非孟子所谓伤惠之与也,朋友尚有通财之义,况戚属乎!且弟不仅于伯深然,于季缨亦然,弟平生恒急人之急,从未视财货为至宝,非蔑视财货也,以有重于财货者也。至弟此次到沪,小女言老爷没钱,此次川资所费已不少,卒遭大故,女固异常伤心,而老爷亦财力不及。故以奁中金器变价,以充丧用,以减堂上负担(于此可见其能体亲心,何有于不爱舅姑),弟颇嘉为知礼。至海关恤款,迟早皆可取出,而公急于领款,小女亦遂仰体尊意,脱衰丧服而至海关(此亦足见其仰体亲心,何得谓之不满),而复申明,绝不用此钱,其存心亦未为不当。惟弟则觉死者尸骨未寒,此款迟早均可往取,何必亟亟?轻礼重财,是诚有之。此事乃弟与公绝对所见不合处,与小女无与也。前公书来,以示小女。小女矢守前语,不敢失信,故仍申前有信而可失,岂得为人,然公即以此加之罪矣。

弟公交垂三十年,方公在沪上,混豫章于凡材之中,弟独重公才秀,亦曾有一日披荆去棘之劳。此卅年中,大半所至必偕,论学无间,而根本实有不同之点。圣人之道,贵乎中庸,然在圣人已叹为不可能，故非偏于彼，即偏于此。弟为人偏于博爱，近墨，公偏于自爱，近杨。此不能讳者也。

至小女则完全立于无过之地，不仅无过，弟尚嘉其知义守信，合圣人所谓夫妇所能，与尊见恰得其反，至此款，既承公始终见寄，弟即结存入银行，而熟筹所以处之之策。但弟偏于博爱，或不免不得尊旨耳。专此奉复，即颂　著安，维照　名赐

弟玉再拜　廿八日

实际上，罗王两人会走到几近绝交的地步，怎会仅因儿女之事。罗振玉是晚清小朝廷的"中坚力量"，此前王国维在他的引荐下，被溥仪钦点为"南书房行走"，陪侍皇帝左右。在王国维任职期间，发生了两件事使两人的关系迅速降至冰点。

在朝廷中，罗振玉与另一遗老郑孝胥水火不容，他荐引王国维进入朝廷，也有借势制衡郑孝胥的意图。此时罗振玉居于天津，他将自己的三本书《殷墟书契前编》《殷墟书契后编》和《殷墟书契考释》寄给王国维，请他帮忙进呈溥仪，然而这并非单纯地帮忙呈书，王国维不愿做朝廷遗老争斗的筹码，所以婉言谢绝了。得知请求被拒，罗振玉感到异常愤怒，他

们相识这么久以来,王国维还没有因为什么事拒绝过自己。后来,他又去信希望王国维与自己一同弹劾郑孝胥,王国维再一次拒绝。两盆冷水接连泼至头顶,泼得罗振玉措手不及,在惊诧与愤怒之余,他致信王国维,言明自己绝不会牵连到他。在这个时候,罗王二人的关系已经出现了裂痕。

当王国维沉湖自尽的消息传来,罗振玉悔不当初,惊呼:"静安以一死报知己,我负静安,静安不负我。"后来他当机立断,仿王国维字迹拟写《遗折》上奏溥仪,说王国维沉湖以殉清,溥仪大受感动,追赠谥号"忠悫(què)"。世人看来,罗振玉做此事是在"抹黑"王国维,但生于新旧更替时期的王国维,其实是一个不折不扣的清朝遗老,罗振玉请谥以慰魂灵,是对他政治气节的保全,同时也是出于愧疚之心。从王国维的遗书可以看出,他死前最忧心的还是自己的家人,于是罗振玉帮他安置家属,还将他的遗稿整理出版。

罗振玉在回忆录《集蓼编》中写道:"念予与忠悫交垂三十年,其学行卓然为海内大师,一旦完大节,在公为无憾,而予则草间忍死,仍不得解脱世网,至此万念皆灰,乃部署未了各事,以俟命尽。顾匆匆又五年,公平日夙以宏济期予,不知异日将何以慰公于九原也。"罗振玉在王国维生前鼎力相助他的事业与生活，现在为他的后事操劳奔走，极尽朋友情谊。只是当初决裂一事，在两人心中烙下的那道深深裂痕，已经无从弥补。

人生在世，知交易得，始终难守。